JN121984
王子達に
甘やかされてばかりで不安です
から降りたら
女伯爵にされてました
2

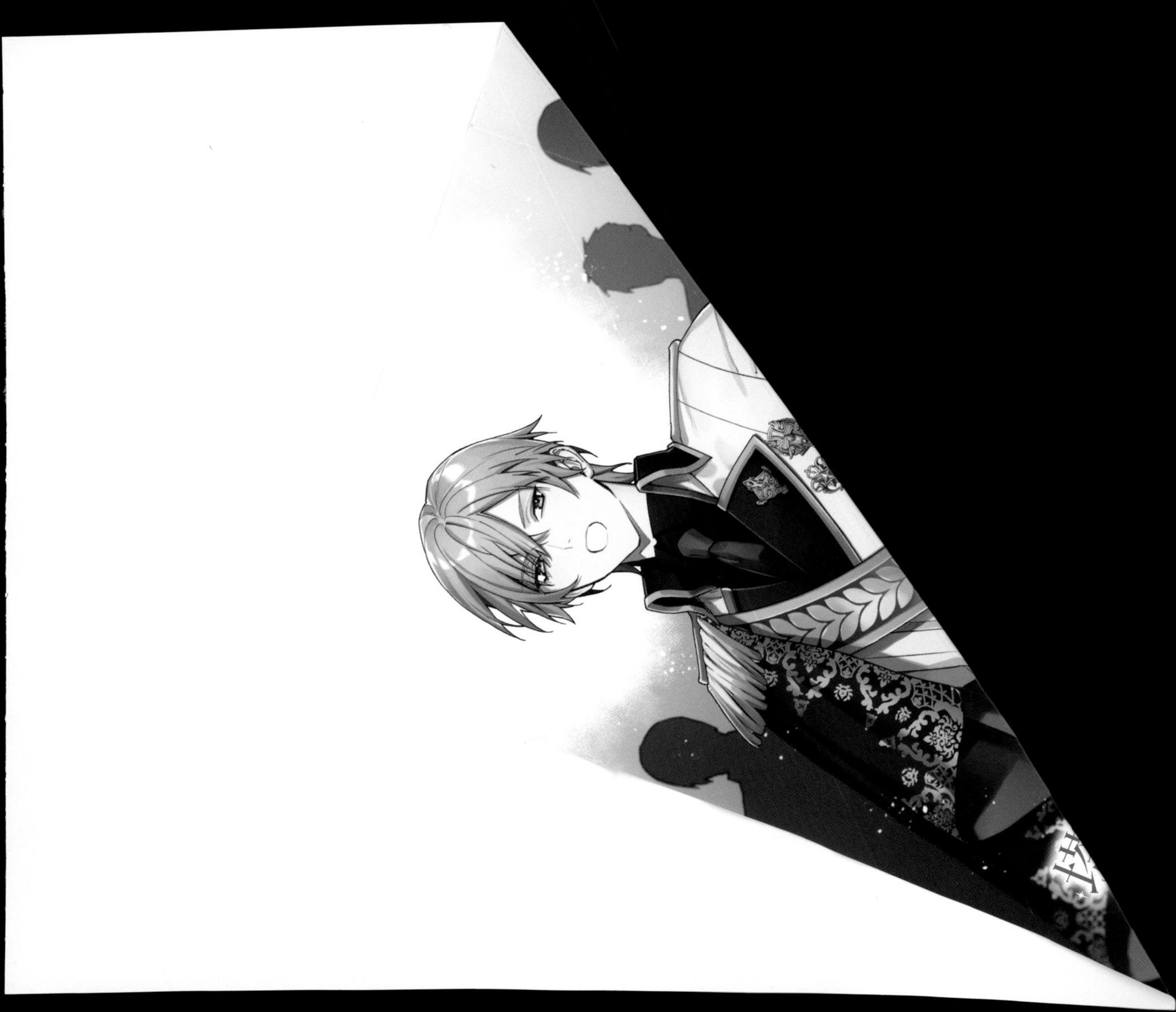

塔から降りたら女伯爵にされてました2

王子達に甘やかされてばかりで不安です

かいとーこ
TŌKO KAI

一迅社文庫アイリス

塔から降りたら女伯爵にされてました
王子達に甘やかされてばかりで不安です
2
エレオノーラ
戦場近くの守りの塔に魔力を捧げる
仕事をしていた令嬢。
引きこもり生活を満喫中に終戦。
塔を降りることになったら、
女伯爵として新領主に就任したことと、
婚約者がレオン王子に
なっていることを知る。
レオン
エレオノーラの婚約者であり、
終戦に尽力した第二王子。
優秀で優しく素敵で笑顔が
爽やかと国民の評判もよい。
人を見る目があり、
人たらしとしても有名。

Characters

ジュナ

守りの塔で研究を
続けている神聖魔法の研究者。
エレオノーラが頼りにしている友人。

ジェラルド

若くして当主になっている
エレオノーラの弟。実際の年齢
よりも大人っぽく見られる子ども。

◆◆◆

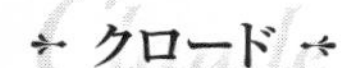

クロード

エレオノーラの父。
戦場で命を落としたレオンの
剣と魔法の師。

テオ

隣国ガエラスの第七王子。
レオンとともに終戦に導いた
立役者の一人。

Words

守りの塔
オルブラ市一帯を覆いつくして
攻撃を防ぐ結界を張れる巨大な魔導装置。

◆

オルブラ市
国境沿いにある領地。
良質な魔鉱石がとれる鉱山があるため、
隣国に狙われ、戦場となってしまった。

イラストレーション◆黒野ユウ

塔から降りたら女伯爵にされてました2　王子達に甘やかされてばかりで不安です

Toukaraoritara onnahakusyaku ni saretemashita 2nd.

1章　周りばかりが空回る

「レオン様、仕事熱心なのはよろしいですが、そろそろお休みになるべきでは？」

ペンを走らせていたレオンは、乳兄弟（ちきょうだい）であるウィルに声をかけられ手紙の返事を書く手を止めた。剣を握る時間よりペンを握る時間の方が増えた自分の指は、以前よりも綺麗（きれい）になっているのに気づき、ため息をついた。

「熱心にしたいわけではないんだけど……これを書いたら休むよ。なかなか興味深い提案なんだ。ちゃんとエラに向けて書いているし」

オルブラの領主である愛する婚約者が目を通すまでに、安全のため誰（だれ）かが先に目を通すとはいえ、その誰か宛に書くような者は相手をする価値もない。特に彼女の婚約者でしかないレオン――第二王子へ向けて書かれた手紙は問題外だ。

「エラに通すには早いから、内容を詳しく聞かないと」

決めるのは彼女だが、ある程度はふるい落とさないと政治的なことに慣れていない彼女には負担が大きい。オルブラの主が誰であるか理解していない者など皆をただ不快にさせるだけである。

「まともな……対等そうな提案なんですか。まっとうな仕事ならエラさんも気が紛れ……面倒くさがりそうですね。あの方は家にいるのが落ち着く人で、外のことにあまり興味を持ちませんからね」

「そうだな……彼女は都に行くのも面倒くさがっていたしな」

妹は喜んでいるのに、エレオノーラは本当に面倒くさそうだった。当時の彼女は身体が弱く、動くのが億劫だったのもあるが、そうでなくても面倒くさそうにしていた。

「私は、あの方がわざわざ故郷からオルブラまで出てきたと知ったときは信じられませんでした。戦場にわざわざ来たことでなく、出てきたことに」

「確かに、彼女は旅行とかも好きではない人だが、好きではないだけで、必要なら動くのは知っているだろう？」

レオンの婚約者であるエレオノーラを、レオンの隣で見ていた彼は、彼女の身内とレオンの次ぐらいに彼女のことを理解している。

彼女がこのオルブラにやってきたと報告を受けた日のことは今でも忘れない。

当時、オルブラは隣国から攻め込まれており、人の命も動力にする恐ろしい魔法仕掛けの攻城兵器を持ち出され、指揮をしていたレオンの師であり、エレオノーラの父であるクロードが戦死し劣勢に傾いていた。なんとか保っていられたのはオルブラの魔術師達が作り出した『守りの塔』と呼ばれる結界装置があったからだ。しかし動力に神への祈りと魔力を捧げなければならないその塔は長期運用を考えていない未完成のものであり、信仰心の強い罪人を使ってでも維持していたが、魔力が間に合わなくなっていた。そんな時に、父親が死んだ戦場に近いオルブラに、エレオノーラは一人でやって来て、塔の上で祈りとその膨大な魔力を捧げたのだ。

　魔力を消耗しすぎると身体が痛むため、罪人達が戻してくれという苦役だった。安全とは断言できない場所で、そんな役割を一人で引き受けるなど正気の沙汰ではない。しかし彼女は魔術師としても優秀な英雄の子孫であるためか、生まれつき魔力が多く、並の魔術師では数日で音を上げるような塔に身を置いても平然としていた。時には微笑みながら人々に手を振り、一人で二年近く塔を稼働させ続けたのだ。

　彼女は自分に鞭を打って無理をするような人ではないと分かっていても、レオンや彼女をよく知る仲間達は当初は半狂乱になった。やめるように訴えたが、本人は平気だと言うし、無理にやめさせるには彼女は有能すぎた。彼女は魔力を魔術の形にする才能はなかったが、魔術師達が束になっても敵わないほど魔力を保有していたのだ。

　苦痛を訴えることはなかったが、日に日にやつれていく彼女を一日でも早く解放したかった。しかし隣国の王は欲に目がくらんで兵がどれだけ損耗しても戦をやめる気がなく、執拗にオルブラの先にあるドゥルス鉱山を狙っていた。大陸で最も強い魔力を有すると言われる魔鉱石は、兵器開発に熱心な隣国に渡れば大陸を制覇できただろう。人の命を消耗品にするような兵器を、さらに強力なものに改造して。

　そのため、父の蛮行を止めようとしていた隣国の王子達を支援して、王を討つ手助けをし、この春にようやく戦争を終わらせることができたのだ。

　一番の功労者であったエレオノーラは、彼女の大叔父(おおおじ)であったオルブラ伯に跡継ぎに指名されていたため、現在は女伯爵としてオルブラを統治している。

　そしてレオンは彼女の父のクロードの遺言で、彼女の婚約者として補佐をしている。父親に似て、少し面倒くさがり屋で、だけど見た目は凛々(りり)しくも美しい、たまにとんでもないことをする——初恋の人の、婚約者をしている。

「彼女は安定した生活を好んでいるのに、させてあげられていない。正常な商売は商業都市であるオルブラ一帯の安定に繋がるから喜んでくれるだろう」

「確かに、エラさんは皆が昔のように戻ったという言葉に喜びますからね。そんな彼女の反応に、民も喜んでいます」

　優しい人だから、皆が落ち着いて暮らせなければ自分も落ち着かないのだ。だからこそレオンは必死になって戦後処理をこなした。もらう側だとしても、彼女は賠償金などの話には顔を引きつらせるし、復興費もレオンを信じて全部任せると言うほどだ。

　エレオノーラが領主として居心地の悪さを感じないように、できるだけのことはした。レオンにとっても初めてのことだらけで戸惑いは大きかったが、なんとか乗り切ったのだ。

そうこうしている間にもう初夏だ。以前よりは仕事量も減ったとはいえ、それでも手が綺麗になってしまうほど剣を握る時間が減っている。騎士としては剣を握っている方が好きなのだが、自分の将来のことを思うと今はペンを握らなければならない。

レオンにとっては今の着地点は、自分には手に入らないと諦めていた多くの希望をもたらすものだった。クロードの遺言という証拠のないレオンの主張が彼女との婚約の根拠である。彼女との仲を皆が認めているのは、レオンの身分や能力が役に立つのと、エレオノーラが慕ってくれているからだ。もしオルブラの皆がレオンはエレオノーラに相応しくないと思えば、排除することも難しくはない曖昧な立場だ。

「実りがありそうな提案なら、寝起きの頭がすっきりした時に書いた方がいいのでは?」

同じくペンを握ることが増えたウィルが、レオンの顔をのぞき込んで言う。元々いかにも貴族らしい顔立ちをしているから、むしろこちらの方が天職ではないかと思うほど事務仕事が似合っている。

「詳しい内容を知りたいという定型文だから問題ない」

他人に書かせるには失礼だと思うが、頭を使って返事を書くような内容でもない。

エレオノーラへの賛美と、自分達の目的と、それがどう役立つか。その達成には高品質の魔鉱石が必要だというまともな提案だ。

力の強い魔鉱石は滅多に売らないのだが、そういう石にもピンからキリまである。危ないかもしれないから念のために売らない程度から、悪用すれば国を滅ぼせるほどの力を引き出せるものまで幅広くある。

前者はエレオノーラが自身を守るために身につけている宝飾品の形をした魔導具に使われている貴重なだけの金属や宝石。後者は『守りの塔』と呼ばれる広域に結界を作る装置に使われている、本当に特別な魔鉱石。宝石に分類される鉱物の場合は特別に魔宝石とも呼ばれ、強い力を有している場合が多く、塔に使われているのも美しい水晶だ。

「手紙に書いてあることが本当なら、取引してもいい内容だった。最近こういうエラへの下心のない、熱意のある手紙が多くなった気がするな。いい傾向だ」

莫大(ばくだい)な遺産を相続した未婚の美女であるため、下心しか感じられない手紙や、侮っているのを隠さない手紙も多かったのだ。

第二王子であるレオンは国民から英雄視されており、王位継承を求める声も多いため、兄を支持する者達に疎まれている。そんな第二王子が国内でも有数の財力を誇るオルブラの領主と結婚すればますます力をつけてしまうと危機感を覚えたようで、阻止するためエレオノーラを誘惑しようという者達が押しかけてきた。美貌(びぼう)の男が分かりやすく誘惑したり、商人として大きな商談を持ちかけているようで、大損をさせようという者達だ。

だが最近はそういう嫌な雰囲気のない、まっとうな手紙も増えている。裏がないかなど徹底的に調べなければならないが、侮りが透けて見えないだけでも好感が持てる。

「兄上が強く釘を刺してくれたのかもしれないな」

この話の怖いところは、兄は本当に関与していないどころか、下手に刺激をするのはやめて欲しいと思っていることだ。兄のためと言って自分のために勝手なことをするのである。

だから証拠を挙げたら真っ先に兄に知らせている。秘密裏に処理してもらった方が恩も売れるし牽制にもなる。

「確かに賢明な兄上ならそうされるでしょうね。レオン様より魅力的な男や、古くからオルブラに仕える者達の目を欺ける商人など易々とは見つからないでしょうから、説得もしやすかったでしょう」

「そうだろう」

「その代わりに、レオン様への下心たっぷりの女性からの手紙は増えてますけどね」

レオンは思わず顔をしかめた。片想いしていた相手と結婚できそうだというのに、それを邪魔されては温厚なレオンも怒りで手が震えそうになる。幸いにも、エレオノーラが信じてくれているから怒りにまかせて叩き潰したりしないですんでいる。

「手紙だけなら、可愛いものだろ。エラが返事を書いてくれるから、大半は諦めるんだ。一部、そのままエラと文通を始めるたくましい女性もいるが」

女性からの手紙はエレオノーラが引き受けてくれている。同性である彼女が相手をした方が角が立たないし、レオンの不実を疑われることもない。

「エラさんと友達になれればそれはそれで有益ですからね。レオン様を破滅させようとか、本当にレオン様目当ての女性と違って可愛げがあります」

　罠に掛けようとするしないに関係なく、手を引かない女は厄介だ。愛人の座を狙って屋敷の使用人になろうと紹介状を工面しようとしたり、ひどいと直接乗り込んできたりした。積極性だけでいったら、エレオノーラ狙いの男達を上回っていた。

「まあ、乗り込んできた女性達も、エラさんを前にするとすごすごと引き下がるんですけどね。彼女の美貌と迫力は、初対面だと尻込みしますからね」

　エレオノーラは金髪の肉感的な美女だ。緊張すると表情がなくなり、年齢に見合わない貫禄が生まれ、商人達ですら尻込みする。塔の上で二年も祈りを捧げていた優しげな女性だと思ってやってきた者達は、彼女が『女傑』と呼ばれた意味を理解して冷や汗をかくのだ。

　地位も名誉も金も美貌もある堂々とした女に太刀打ちできるなら、わざわざここまで来て愛人になりたがったりはしないだろう。どうせなら王位を継ぐ兄の愛人を目指せばいい。

「エラさんも、レオン様の好みに反して腰回りがほっそりされてよかったですよ。中には一つでも勝てると思える部分があると、思い上がる人がいますからね」

「好みに反してって、別に太めが好きなわけでは……健康を害するような痩せ方が好きではないだけで、エラは健康的だ」

「ええ。今のエラさんは生命力に溢れていて魅力的ですからね。しかもメリハリのある体型とはっきりとした顔だから、レオン様の好みが一目で分かる。ただ立つだけで叩きのめして心を折ってくれるのはありがたいですね」

「確かに、その点はありがたいな。説得は面倒くさいし」

好みがはっきりしているのは本当なので、深くは追及せずに認めた。彼女がぽっちゃりしていた頃からとても綺麗な女の子だと思っていたし、父親と同じで周囲をあまり見ていないようで実はよく見ている、その目が好きだった。違和感を覚えて観察していると、彼女も同じ場所を見ていたりと共感を覚えたのだ。

「エラさんとは恋愛結婚だと噂を流したのは、無謀にもエラさんを寝取ろうなんて考えている愚者にも効きましたけど、レオン様狙いの女避けとしての方が役に立ってますよね」

「いや、女が増えたと自分で言ったばかりだろ？　無謀な女の多さに辟易してるんだが」

「本気でレオン様に好意を寄せていた方々からの接触があまりないですから。最初の一人がすごすご帰ってから来たのはレオン様をろくに知らない女性ばかりです」

「確かに、乗り込んできそうな女性は他に何人かいたのに来ないな……」

来て欲しいわけではないが、来ないのも気味が悪い。

「最初の女性が真実を広めてくれたおかげですよ。振られた男の戯れ言より、振られた女の『綺麗になってた』という言葉の方が信憑性が高いですから。レオン様も本気で自分を好いている相手に冷めたくするのは気が進まないでしょう？　これもエラさんの人柄のおかげです」

「彼女もエラの文通相手の一人になったのだったな。なるほど、エラの人柄も込みで諦めて助けてくれたのか……。感謝はしたいが……どうするべきか」

下手なことをすれば嫌みになってしまう。

「エラさんに任せておけばいいでしょう。上手(うま)くやっているようですから」

エレオノーラは貴族らしいギスギスしたやりとりを一番嫌っているが、そうでなければ苦ではないようだ。分からないからと何も仕事をしないでいるのは耐えがたいらしく、このまま任せておくのがよさそうだった。

「しかし……今日(きょう)のウィルは一段とおしゃべりだな」

嫌みは言うが、口数はそこまで多くない男が、今日はよく話す。

「よく話しかけてくる友人達が、里帰りしてしまっていますからね。そろそろ帰ってくるはずですが……遅いですね」

「久しぶりの故郷なんだ。それにエラのことを根掘り葉掘り聞かれて出発が遅れていてもおかしくはないだろ」

王への使いのついでに、エレオノーラの故郷と家族の様子を見に行かせているのだ。そのために、人員はエレオノーラと同郷のクロードの身内である騎士を選抜した。クロードに育てられたと言っても過言ではないレオンと、その乳兄弟として育ったウィルにとっては、クロードに近いほど付き合いが長いのだ。

「よし、でき上がった。そろそろ寝るか」

「ええ、そうしましょう。日付が変わる前に寝られるのは久しぶりですね」

朝早く起きればエレオノーラと朝食を楽しめる。彼女の部屋に赴いて、彼女と朝の挨拶(あいさつ)を交わすのだ。そんな何気ない日常が愛(いと)おしい。

その時、部屋の扉が叩かれた。

「なんだ？」

「使いに出ていた騎士様のお一人が知らせを届けに戻られました」

「こんな夜中に？　入れ、何事だ？」

許可を与えると、家令が部屋に入り一礼する。

「夜分遅く申し訳ございませんが、早くお知らせしなければと思いまして」

彼の顔に悲壮感はない。目は爛々(らんらん)としているが、そこに暗さはなく、喜びさえ宿っていた。

それを見て安堵(あんど)する。

「どうしたんだ？」

「それが、エレオノーラ様の弟君をお連れしているそうです」

軽い気持ちで聞いた報告は、騒乱の予感を与えるものだった。

エレオノーラの一日は、賑やかな小鳥のさえずりから始まる。

爽やかな歌声で目覚めると、二度寝の誘惑を振り払って水差しに手を伸ばす。贅沢の極みのような細かな花模様のある金属製の水差しは、水を清く美味しく保ち、毒に触れると色が変わる高性能な高級品だ。その安全が保証されている美味しい水を、同じ意匠のカップに注いで喉に流し込む。次に同じ意匠の洗面器に水を張って顔を洗い、鏡台に向かう。

金髪の目つきの鋭い女が鏡に映る。好きな人は好きとか、美人であることは確かとか言われる、憎らしいほど可愛らしさが見当たらない顔だ。

可愛いものが大好きなエレオノーラは、現実にため息をつくしかない。

「自分の好みの雰囲気にできるなら、自分を飾るのも楽しいんだろうなぁ」

どうやっても騎士の娘らしい鋭さが抜けない顔は、可愛らしさを拒むのだ。なにも幼女のような可愛さは求めていない。だが、流行の淡い色の細かな花柄とか、甘味のあるフリルとかすら驚くほど似合わないのだ。

ため息を一つつくと、いい香りがする美容液各種を顔に塗り込む。直接顔についた淡い香りに包まれると、花畑にいるようで癒やされる。

色々な美容にいい品を並べられ、一つ一つ試してみて、その中で好きになったものを使っている。高そうな香りだが、オルブラ伯がケチなことを言わないようにと言い含められているので遠慮なく贅沢に使う。すると肌が潤い、輝き出す。

「うん、肌だけは自慢できるわね」

ケチケチ使っていてはこうはならない。中途半端が一番無駄なのだと最近実感した。『そんな無駄をするなら最初から自分達にお任せください』と使用人達が言うから、自分で支度をする自由のために、指示した分量以上は使うようにしたのだ。

指示に従って、誰もが羨むような美しい肌をしていれば皆は満足してくれるのだから、この程度のことで手を抜いてガッカリされたくない。

肌の手入れが終わると、引出の中から小袋を手にして窓辺に寄る。袋の口を緩めて中の雑穀を一握り取り出し、毎朝起こしてくれる小鳥達が待ち構える餌台にさらさらと薄く並べる。

待ってましたとばかりに小鳥達がやってきて、歌いながらついばんだ。コマドリを中心に、小さな野鳥が集まってくる。強い鳥が一番いい場所を陣取り、弱い鳥は場所を移動し、おっかなびっくり隙間から首を突っ込む。

「おはよう。たくさん食べるのよ」

色とりどりの野鳥の姿と歌声に癒やされる。

労働する皆の前で一人遊んでいるのが辛くなって、自主的に始めた手伝いのための勉強の前の、大切な癒やしだ。

エレオノーラはこのオルブラ市を中心とした一帯の領主である。いくつかの農村と宿場町、鉱山とそこにある職人達の住む都市。領土のほとんどは山だが、その山は魔力を帯びた鉱物が眠る文字通り『宝の山』だ。

　なりたくて領主になったわけではないし、領主がなんたるかも分からない。力を持つ魔鉱石の鉱山があるため、貪欲な者が領主になると兵器を作れるような危ない魔鉱石を誰彼かまわず売りかねないから、跡継ぎは人柄が重視される。

　エレオノーラは争いを好まない性格であったため、前領主の大叔父に消去法で選ばれただけのよそ者だ。継承権は持っていたが、かなり遠かった。本来なら国内でも有数の商業都市であり、最も魔力を秘めた魔鉱石を産出する要地を、遠縁の女の子が継承するはずがなかった。

　そんなふうに慎重に後継者を決めるようになった、この地の歴史もろくに知らないようなよそ者なのだから。

「戦争って、本当に嫌だわ」

　領主の息子と孫などの順当な後継者は戦死し、生き残っているのは売ってはいけない物を売りかねない俗物ばかりだった。病床に伏していた大叔父は自分が生きているうちにと、塔の上で民を守っているエレオノーラを跡継ぎにと独断で決めたそうだ。

　そうして、知らない間にとんでもない地位と財産を継承していたのだ。

「のんびり暮らしていけるだけの財産は欲しかったけど……適度に楽な人生を送れる程度がよかったのよね」

家庭のことで胃が痛くなるほど悩んだりしない、ほどほどの労働ですむゆとりのある生活を求めていた。初恋を実らせたいとか贅沢を言わないし、優雅な生活も望んでいなかった。

多すぎれば、それを維持管理する苦労が伴うのは知っていたが、想像以上に大変そうだった。未だに思い出したように頭を抱えて転がることがある。

それでも、最初から実ると思う方がどうかしていると思っていた初恋の王子様と婚約したのだけは、それらの苦労があっても嬉しいと思えた。

たまに一人で頭を抱えて転がるほど、悩みの種でもあるのだが。

「はぁ、今日は手紙を書かなきゃ」

エレオノーラは怠惰に過ごすのが大好きで、働くのも好きではない。だが、働かなくていい、ここにいてくれるだけでいいと言われると、それはそれで不安になる性質だった。

本当に何もしないでいるには、周囲の人々が好意的すぎたのだ。優しく、温かく、期待に満ちた目を前に、本当にいるだけなのは落ち着かなかった。

「お父様の評価が英雄的すぎて、みんなの期待と希望が重いのよね……」

エレオノーラ自身は大したことをしていない。無駄にあり余っていた魔力を、守りの塔の動力として提供していただけだ。

魔力を持っている者は少なくない。だが魔力を過剰に抜き出すのは苦痛を伴い、人を入れ替えると魔力の効率が悪くなるという問題を抱えていた。入れ替えは魔術師達の負荷も大きく、入れ替えの必要のないエレオノーラが塔にいることで皆の負担が減ったのだ。

　だから心置きなくよく食べよく寝て、趣味のぬいぐるみ作りに没頭する生活を送れた。母には似合わないと言われ馬鹿にされた趣味も、子ども達に配れば慈善になった。そして自分の作品達は、子ども達が抱くととても可愛らしくて癒やされる。

　それなのに人々は、エレオノーラは戦死した父のためにオルブラへやってきたと勘違いした。勘違いした人達は、エレオノーラに好意的な視線を向けた。

　塔の上に居た頃は仕事をしている気になれたからよかったが、今は本当に何もしていないからその視線に耐えられなかった。

「お母様が用意した縁談が嫌で逃げてきただけなんて、言っても信じてくれないのよね」

　誰もがそれは建前だと思っている。逃げてきたというのも信じてくれるが、それだけで貴族の娘がわざわざ戦場に来るはずがないと思っているのだ。だから皆、好意的な目を向ける。

「でも、レオン様を追いかけてきたとは言われたことがないわね」

　知らない間にエレオノーラの婚約者になっていた初恋の人は、強さで名をはせる騎士であった父の一番の弟子であり、第二王子であるレオンだ。幼い頃から多くの女子の心を奪ってきた美男子で、彼を追いかけてきたと言われてもおかしくないのに、言われたことがない。世間はそういった話が好きだと思っていたから不思議だ。

「不釣り合いだって言われないのも不思議だわ」

領主がやるような仕事は、エレオノーラにはとてもではないができないので、婚約者であるレオンがしている。普通ならレオンが領主になると思われるところだが、彼は婿(むこ)でしかなく、皆もそのように扱っている。

もちろんレオンは故郷を救ってくれた英雄なので慕わない者はいないが、それはそれ、これはこれと割り切っているのだ。

「わたしの顔がキツすぎて、色恋沙汰で動くとは思われていないってことかしら?」

エレオノーラは父に似て『男ならさぞ立派な騎士になっていただろう』と嫌みを言われるような、きつい顔立ちをしている自覚があった。優しい人達は凛々しいと言ってくれるが、堅物騎士っぽい顔なのだ。

頭の中がお花畑の小娘扱いされるのはもちろん嫌だが、堅物のように思われるのは困る。エレオノーラはどちらかと言えば、楽な方に逃げて生きている腑抜(ふぬ)けなのだ。

魔力を吸い続ける塔から二年出ないのはエレオノーラにとっては世界一楽な仕事だったのに、世間の人々にとっては楽ではないらしいため、理解し合えないのである。

「塔の上は仕事をしている感もあって一番気楽だったけど……今は難しいことはレオン様がしてくれるから、ほとんど何もしてないから落ち着かないのよね」

どうしても領主でなければならない仕事は少なく、それ以外の領主の仕事をしてくれているのがレオンである。仕事をしている感は欲しいが、エレオノーラにできることはあまりない。

「おじさまのわたしへの評価って、確実にレオン様込みの評価よね」

エレオノーラを跡継ぎとして指名すれば、彼女の父であるクロードを死なせてしまったことに責任を感じているレオンが後ろ盾になってくれる。レオンは第二王子だからこそ、国の中枢とは距離を取りたがっているため利害が一致しているのを大叔父は気づいていたはずだ。

「レオン様のわたし個人に対する好意は気づいていたのかしら？　お父様がレオン様にわたしを託したのが先だから、気づくわよね……」

未だに信じられないが、レオンは昔からエレオノーラに好意を寄せていたらしい。とんでもない悪趣味だとも思うが、彼はクロードを慕っていたから、顔も性格も似ているエレオノーラに最初から好意的でも不思議ではないとも思うのだ。

だから彼のクロードに対する好意と、クロードが娘に好意を持っていない相手に娘を託すような父親ではないのを理解していれば、気づいて当然だ。その好意も込みで利用した可能性の方が高い。

現にレオンは嫌な顔一つせずに身を粉にして働いてる。戦争を終わらせて、傾いていた領内の立て直しをしている。いくらでも利用できる資源を、私利私欲に使わず、以前と同じように専門家に任せつつ、不正がないかも監視している。

その上、利権に群がってきた害虫のような者達をいなして、まっとうな取引を望む者をエレオノーラの前に連れて来るのだ。

エレオノーラの仕事には、そんなまっとうな人達や、好奇心から接触しようとする女性達の対処もある。

商売っ気のない女性の相手だけはさすがのレオンも疲れるらしく、エレオノーラが引き受けた。彼は昔から女性に人気があって、下手にレオンが女性と接触すると、のぼせ上がって自分に会いに来てくれたと勘違いしてしまい、面倒くさいことになったのだ。

遠くから想っているだけなら害はないが、接触してきたら害があると判断して、同性のエレオノーラが対処するのが無難ということになった。

そうなってからは話が早くすむようになった。幼い頃からレオンに恋する顔見知りが一度だけ押しかけてきた時も、どうにもならないのだと察してすぐに諦めてくれて、いつもより仕事をしている気になれて満足感を得られた。

そんな追い払い方をしてしまったのに、帰宅後に謝罪の手紙もくれた。レオンのような人格者に恋をするほどだから、根はいい人なのだ。他人の男を奪いに来たのに、結局は意地悪なことは何もせずに帰ってしまうのだから。

そんな人が広めてくれたおかげで、財産目当てのろくでなしはかなり減った。お礼の手紙と品を贈ると、さらにお礼の手紙と品が来てしまい、いつの間にか文通のようなやりとりをするようになっていた。

その他にも手紙を返したら文通をする羽目になるということが最近多く、情報も入るし、敵対するよりはいいだろうと手紙を書く日々だ。

「できることがあるっていうのは、いいことよね。最近は『理解している振り』にも慣れたし、客人の対処も手紙の書き方も少しは分かってきて、仕事してる感が出てきたわ」

周囲から仕事をしているように見えて、レオンの負担を減らせれば満足だ。エレオノーラに難しい判断はできないし、期待されたらすぐ胃に穴が開くだろう。

「昔からいる人達でも判断が難しくてレオン様に泣きついてるんだもの。わたしにできたら、高給取りの高学歴な役人なんていらないわ」

オルブラは世界的に見ても裕福な都市であり、動いている額の桁が違うのだ。分かった振りをして口を出すと火傷では済まないことになる。他人の人生が簡単におかしくなるようなやりとりに、思い上がってくちばしを挟む度胸はない。

そして現在も役人として働いているそういう人材は、戦時中にも逃げ出さなかった生え抜きであり、エレオノーラよりもよほどオルブラのためを想って働いている。

「邪魔しない、言われたことだけをする。下手に仕事をくれと言って人手を割かせない。うん、完璧なお飾りの領主だわ。なぜかもっと贅沢してくれって言われるけど」

思い上がって贅沢はしないようにしようと思っていたら、適度には贅沢をして欲しいと言われた時は衝撃的だった。

領主が贅沢を嫌うと、民も戦争で物が少なかった時の生活を続けてしまうのだという。

吐くほど食べるような贅沢はよくないが、金持ちが買い物をしないと経済は回らないから、以前の生活を思い出させ、仕事を与えろということだ。職人達は作らないと食べていけないし、安い仕事ばかりでは腕が鈍る。戦時中に腕を磨き続けたのは武具を作っていた職人ぐらいで、今度はエレオノーラが装飾品を作る職人達を競わせて腕を磨かせるべきらしい。

エレオノーラはあり余る魔力を魔術などの方法で処理できないため、魔鉱石を使用した特殊な魔導具で魔力を身体の外に出している。それも一つでは足りず、全身にちりばめるように装飾品として身につけているため数が必要だ。しかし魔力を吸い出す魔導具は作るのが難しく、若い職人にとってはいい目標になっているらしい。

普通はこれほど技術が求められるものを買う人がいないので、中途半端な技術で思い上がっている若手に実力不足を自覚させるきっかけになっていると鉱山の組合長が笑っていた。

「さて……そろそろ朝食の準備が整う頃ね」

エレオノーラは雑穀の袋を机に戻すと、手早く着替えて使用人が部屋へ来るのに備えた。最低限の身支度ができていないと手伝ってくれようとする。手伝ってもらうのは一人で着られないドレスの着付けや、髪結いと化粧だけで十分だ。できれば髪をすくのも自分でやりたいが、それすら侍女にはいい練習なるので『これだけはやらせてください』と頼まれた。こういった技術は腐らないからと言われると、練習台にならなければいけない気がしてくるのだ。

その時、慌ただしく廊下を走る音が聞こえた。こんな足音がするのは、食材に毒が混入していた時以来だ。

「エラ様！　エラ様、大変です！」

続いて聞こえたのは、慌ただしい若い女の声だった。年が近いからと選ばれたエレオノーラ付きの侍女で、おしゃべり好きだが、物音など立てない落ち着いた子だ。

首を傾げると、ドアが開いて若い侍女が部屋の中に駆け込む。その顔に悲壮感はなく、ただただびっくりするようなことがあったことだけは推測できた。

「どうしたの？　何があったの？」

「大変です！　騎士様が帰ってこられて！」

「騎士様？　ああ、お使いに出てたニックお兄様達？」

「はい！　エラ様のお付きの私は起こしてもらえなくってさっき知ったんですけど、夜中にお一人だけ先に戻られたらしくって！」

「一人だけ先？　伝令として？」

彼女は頷く。何かがあって、一人を先に行かせた。彼女的には慌てて伝えなければならないが、不穏なことではない。そういった出来事に心当たりはなかった。

「何があったの？」

「えっと、エラ様の弟君を連れて帰るって」

エレオノーラはそれを聞いた瞬間、立ちくらみを起こして椅子に倒れ込んだ。

「エラ様っ⁉」

「――だ、大丈夫。それより、今、わたしの『弟』って言ったわよね⁉」

「はい。エラ様の弟君のジェラルド様がいらっしゃるので、迎え入れる準備をしてほしいとのことで、みんなもうお迎えの支度を始めてたんですよ！」

弟。

エレオノーラが家出をした時はよちよち歩きで短い単語しか話せないほど幼かった。しかし子どもの成長は早く、おしゃべりな母と姉がいるのだから、よく話す子に育っているはずだ。

「えっと……」

エレオノーラは考えた。弟の名が出されたのは当主だからだろう。幼い子どもが一人で旅をするはずがない。何せ同じ国でも端と端にある、遠い場所なのだから。

(まさか、とうとうお母様が⁉)

頭を抱え、いつか来るかもと怯えていた事態に頭の中が真っ白になる。

母はとても美しく、自分に自信があり、元気な人だ。活力的で、よく話しよく行動し、悪い人ではないし愛してくれるが――とにかくエレオノーラとは趣味も気も合わなかった。

(距離があるからまだまだ大丈夫だと思っていたのに！)

見通しが甘かった。彼女と顔を合わせたら、エレオノーラは立ったまま気を失うかもしれない。むしろそうなってくれた方が気が楽だ。逃げたくてたまらない。

「ああ、あと伝えて欲しいと言われていたのですが」

「こ、これ以上どんなことが⁉」

母が来ているかもしれない。その上どんな悲報を知らせようというのだろうか。

エレオノーラの大げさな反応を見て、彼女は戸惑いながら言った。

「えっと、弟君一人なので、ご安心くださいと……え、エラ様っ⁉」

侍女は気が抜けてさらに横に倒れたエレオノーラに慌てて駆け寄った。


正気を取り戻したエレオノーラは慌てて部屋を出た。

玄関ホールを横切ろうとしたら、先に報告を受けていたらしい使用人一同が、それはもう急いで来客を迎える準備をしていた。

いつも綺麗な屋敷内を、完璧以外は許さないとばかりに磨き、子どもが怖がりそうな絵は爽やかな風景画に入れ替え、心を和ます可憐（かれん）な花が生けられている。

その中央に、使用人達の仕事を横目に話し合う男達がいた。

「子どもが好きな菓子はできそうか？」

「料理長が張り切っていますよ。もし口に合わなければ、最悪、エラ様に用意した菓子を使いましょう。同郷のエラ様とは好みが近いでしょうから」

「確かにエラの好みに合わせておくのは無難そうだな。では子ども用の椅子は？」

「椅子は埃をかぶっていたでしょうから磨いているはずです。部屋はエラ様の部屋の隣室にしようかと思うのですが」

「そうしよう。その方が不安も少ないだろう。着替えはあるだろうが、万が一のことがあるからいくらか用意しておこうか？」

　身なりの良い銀髪の美丈夫があれやこれやと使用人達と話をしていた。他人が見たら彼こそがこの屋敷の主だと思うことだろう。しかし彼は主人ではなく、女主人の婚約者だ。

　その女主人というのがエレオノーラなのだから、未だに違和感がある。

　彼らの主であることと、レオンほどの男と婚約していることは、未だに夢を見ているのではないかと疑ってしまい、足下がふわふわするような感覚が抜けないでいた。しかしこれは現実で、多少は主人らしく振る舞わねばならない。

「レオン様、着替えは必要ないと思います。妹は余分に持たせるはずです。むしろ荷物が多すぎないかが心配です」

「ああ、エラ。おはよう。今日も輝くように美しいね」

　レオンは両手を広げてエレオノーラに近づき、軽く抱きしめられ、こめかみにキスをされた。これはレオンの日課のようになった、朝の挨拶の習慣だ。

最初にエレオノーラが彼にキスをしてから、おはようとおやすみのキスをするようになった。これぐらいならエレオノーラの母親に知られても許されるから、ということらしい。

「……おはようございます、レオン様」

何度されても慣れないそれに一瞬だけ身体が固まったが、なんとか挨拶を返すことができた。自分が最初にやったのに今更と言われそうだが、あの時は冷静ではなかったのだ。

エレオノーラが人前でレオンに触れられても固まらないようにという訓練という名目で始めた習慣なため、傍から見れば違和感を与えない程度には成長できているはずだ。

挨拶のキスには、キスで返すのが礼儀だろうが、周囲の見ないように見ている視線が気になるから人前では返さないのを、彼は知っているから問題ない。

寝ぼけたような感覚のまま、ぼーっとしていては日が暮れてしまうので、気合いで理性を引き戻して、要件を口にする。

「弟が来ると聞きました」

「ああ、そうなんだよ。暖かい場所に住んでいるから、上着とか必要ないだろうか？」

「わたしの実家も寒暖の差が大きいし、こちらは高地で涼しいと分かっているので大丈夫でしょう。荷物を見てから、不足しているものを用意すれば大丈夫です。騎士にすべく育てているはずですから、何を用意しても文句など言わないでしょう」

涼しい服から暖かい服などたくさん持たされて、騎士達が呆（あき）れているだろう。厳しく、しかしそれ以上に甘やかされて育てられているはずだから。

「食べ物やオモチャの好みは分からないけど、妹の手紙を信じるなら、好き嫌いもなく、びっくりするぐらい大人しいそうです。本が好きなんですって」

病弱だったエレオノーラよりも大人しい可能性がある。そうでなければ『びっくり』なんて表現を使わない。

「坊ちゃまが使っていたものを出しましょう。玩具も本も、何かは気に入っていただけるかと」

「椅子だけならともかく、そこまで使ってしまっていいの？」

故人の幼い頃に使っていた品を使わせてもらうのは申し訳ない気持ちになる。エレオノーラにとって知らない人だが、彼らの中には生まれた時から見守っていた者もいるはずだ。

「クロード様のご子息にお使いいただけるなら坊ちゃまも本望でしょうと、昔からいる使用人の意見は一致しております」

「それなら……甘えさせてもらうわね」

身内のように愛情深く見守っていた彼らがそう言うなら問題ない。

「いつか使う日が来ると構えてはいましたが、式を挙げてからだとレオン様を信じておりましたので、皆も予想外のことに慌てております。騒がしいのをご容赦ください」

式を挙げてから。

（……それって、考えなくても、わたしが産むと想定されてる子のことよね）

ちらりと横を見ると、レオンは上機嫌で執事に向かって頷いていた。そんな反応は、使用人達を上機嫌にさせるのを知っている。皆も楽しみにしているからだ。

「確かに余裕があるはずだったのに、皆にはすまないことをしたな。どうせ知らせを寄越すなら、もっと早くにすれば余裕ができたのに」

彼は知らせが遅かったニックを責めつつも、やはり機嫌がよかった。

「ええっと……いつごろ知らせが来たんですか？」

レオンの機嫌のよさに戸惑ったエレオノーラは、話を先に進めるための無難な質問を投げかけた。

「夜中だな。知らせが届いてからずっと働いている者もいるんだ。申し訳ないことをした」

「そこまで？　弟一人が来るだけなんですよね？　お母様は来ないんですよね？」

「もちろんジェラルド一人で間違いない」

子ども一人が来るだけで、どうして彼らが廊下や窓を磨き上げているのか理解できなかった。エレオノーラは窓のくもり一つ気づけない女だ。子どもが気づくはずもないし、普通の感覚なら気づけない。

「あの、弟はいつごろ到着するんですか？」

数日後に到着しますという話なら夜通し働かない。

「領内の宿に泊まっているから、今日中にはオルブラ市に入ると思う」

エレオノーラは彼らが大慌てで準備している理由は理解した。過剰な準備はともかく、気持ちよく迎えるための準備をしたい気持ちは分かる。

「ニックお兄様、子ども一人が来るのは大したことじゃないと思っているんでしょうね。自分が面倒を見るから、迷惑はかけないって楽観視しているんですよ」

エレオノーラでもそう思っているところだ。赤ん坊ならともかく自分で一通りのことができる年頃（としごろ）だ。いつか学校の宿舎に入っても困らないよう、母が厳しくしつけているだろう。

「あいつらしいな。騎士達は掃除のために追い出されるし、あいつへの恨み言を言いながら訓練しているだろう」

エレオノーラのハトコのニックには、都に行くついでに、実家に寄って様子を見てくるように頼んである。母がついてこないよう、言い訳も考えておいた。それなのに弟を連れてくるとは想像もしなかった。

無理にでも来るとしたら、本当に結婚する日が決まってからだと誰もが思っていたのだ。

「エレオノーラ様のお身内だからこそですね。あの方の扱いは、実は使用人達の中でも困っているんです」

他にも血縁者は何人かいるが、ハトコという近すぎず遠すぎない関係だから、他の騎士と違った扱いをすべきか悩むのだろう。

「クロード様のご子息が遊びに来てくださるのですから、ちゃんと準備をしたかったのですが……皆も喜びと恨みが入り交じってますよ」

若い執事が苦笑し、肩をすくめた。

「喜び？」

「クロード様のご子息が遊びに来てくださるのは大歓迎です。皆も苦労を買って出るほど、喜びは大きいですよ。直前の知らせでなければ、恨みはありませんでした」

もっとのんびり、ああでもないこうでもないと迎える準備ができたら楽しかっただろう。

「あまり大げさにしないでね。あの子が驚いてしまうわ」

「もちろん驚かせなどいたしません。驚かせないようさりげなく、全力でお出迎えいたします」

「全力でって……どうしてそこまで……」

贅沢など知らない、多少裕福な家に生まれた小さな男の子には、全力のさりげないおもてなしなど理解できるはずがない。

「どうしてと言われましても……クロード様にできなかった恩返しをしようにも、ご息女のエレオノーラ様にはこちらが助けていただいて苦労を掛けてしまっていますから、純粋に恩を返せるご子息をもてなしたいと思うのは当然です」

エレオノーラは父が彼らに慕われているのと、この地のために戦死したのは知っているが、彼らにどう恩を売ったのかは曖昧にしか知らない。

子どもは遊んでくれたとか、女性は彼らが来てから乱暴な傭兵が大人しくなったとか、男性は鍛えてくれたとか、そんな程度の話は聞くが、それにしては彼らが感じている恩が大きい。少なくともクロードを嫌っている者のことは、オルブラ市内では聞いたことがない。

そういう慕われる人が亡くなると、彼らのように行き場のない思いを抱いてしまうようだ。

「騎士達もいつ見られてもいいように、いつもより真面目に訓練をしているな。クロードの息子に、いいところを見せたいんだろう」

レオンの言い方からして、騎士達も浮かれているようだ。そして仕事を放り出して使用人の様子を見ている程度に、レオンも浮かれている。

(死んだ人には恩を返せないし見栄も張れないものね)

その子ども達に恩を返すのは、理にかなってはいる。

「わたしはいつも皆には世話になっているから、お父様への恩は返せていると思うのだけど」

「いいえ。エレオノーラ様とレオン様には一生頭が上がりません。故郷を離れてこれほど尽くしてくださっているのですから、恩は積み重なっていくばかりです」

尽くすというほど頑張っているのはレオンだけだ。血縁者でもない彼に対しては、本当に頭が上がらないだろう。レオンへの評価もクロードの評価にのしかかっているのかもしれない。

「何を言っているんだ。皆が賛成してくれたおかげで初恋が成就したんだ。礼を言うのはこちらだよ。この幸せのためなら、できる範囲の努力は惜しまないさ」

レオンはエレオノーラの肩に手を置き、さらりと言った。

使用人達は手を止めて笑顔のレオンと、石像のように固まったエレオノーラを見た。

レオンは仲のよさを見せつけるためによくこういうことを平気で言うが、仲のよさを知らしめる必要のない身内とも言える使用人達の前でも言う。

未だに心臓が跳ね上がるほど動揺してしまう。身体は石のようなのに、心臓だけはよく動いている。

人前で見せつけるのが始まったのは、しつこい求婚を減らすためだったはずだ。だから戦争を終わらせた第二王子であるレオンと婚約したことを広め、直接やってきた人々に恋愛結婚であると見せつけたのだ。

恥ずかしかったが、効果はあった。婚約者に大切にされるのは、理由があっても悪い気はしない。だが、見せる必要のない身内の前でされるのは、他人の前でするよりも恥ずかしくて、居たたまれなくなる。

背中に汗が流れ落ちるのを感じながら、エレオノーラは視線をそらした。

「そ……それより、そろそろ掃除はよくないかしら？　今まで出迎えたどんな大物よりも念入りじゃない。これ以上頑張っても、気づかないと思うわよ」

「とは言っても、皆は自主的にやっているだけなので。クロード様のご息子に、姉君が治める

に相応しい場所だと思っていただきたいですから、床板の隙間の小さな汚れも、家具のわずか

な黒ずみも気になるんです」

執事が言うと、近くにいた使用人達が頷いた。

「そうですよ。弟君の好みが分からないから不安なんです。だから最高の状態にして、エレオノーラ様に相応しい所だなって感じていただきたいんです」

「休みの人たちも、屋敷までの道の清掃活動をしているそうですよ」

エレオノーラは頬が引きつりそうになるのを耐えた。休みでも自主的にやっている以上、皆を止められそうにもない。

（本当に、みんなお父様のことが好きよね）

市民達も彼が好きで、エレオノーラが父親似であることを喜んでいる。

「ジェラルドはすでにクロードに似た顔立ちで、エラを小さな子どもにしたような小綺麗な男の子らしいんだ。楽しみだなぁ」

と、レオンが浮ついているのをまったく隠さずに言う。人のよい笑顔ではなく、浮かれただらしのない笑みを浮かべているのだ。

オルブラにたくさんいるクロードが好きな人々の中で、最もクロードが好きな人間がこのレオンである。使用人達はそれを知っているから、好意的に微笑んで頷いた。

「それはますます楽しみですね」

「ああ。甘やかしすぎるのもよくないが、不自由はないようにしてやらないと」

レオンは浮かれていると思っていたが、想定以上に浮かれている。先ほどの発言も、見せつける意図はなくて、浮かれて口から滑り出た言葉だと気づいた。

(つまり、わたし以外のみんなが浮かれて暴走してるってこと?)

だから誰も彼らを止めないのだ。

「……旅先が不自由なのは当然なので、そんなに気にしなくても大丈夫では?」

「旅先と親戚の家は違うものだ。遠いところからわざわざ来てくれたんだから、寂しくないよう可能な限り居心地よくしてやりたい」

「慣れ親しんだ家族が一緒に来ていないから、ホームシックになる時は何をしてもなりますし、気にしすぎてもしょうがないですよ。それとも実は誰かついてきているんですか? 妹あたりはついて来たがりそうな気がしますけど」

「来ているのは本当にジェラルドだけらしい。君の妹は、母親を押さえているから来ていない」

哀れな妹がいると知り、エレオノーラは視線をそらした。母はよくも悪くも我が強く、息子を一人で送り出すとは思えなかった。

「第一人でなんて、妹はどうやってお母様を説得したんでしょうか」

「確かにそれは不思議だな。でも君の妹は口が上手いし、母親の扱いも上手かったからね。だからこそエラも彼女の手紙の書き方を参考にして、助言を受けているんだろう?」

「はい。だから頻繁に手紙のやりとりはしていますが、弟のことは心配していても、弟一人で寄越すような兆候はなかったんです。むしろ自分が来たがってましたから」

母親の締め付けが厳しく、なおかつ自分の初恋の相手とエレオノーラが婚約したことで、手紙には毎回恨みがましい文言が一行は入っていた。それでも祝福してくれたし、惜しみなく助言もくれた。母から逃げ切って羨ましいとも冗談めかして書いてあった。

本当に逃げたいわけではないが、たまには離れたいという気持ちは嘘ではないだろう。だから付いてきてもおかしくなかったのに、一人で送り出すのが信じられなかった。

「確かに彼女なら一緒に来て、きみと仲良くケンカしてそうなものなのに……これぱかりは本人に聞かないと分からないな」

「本当にどうしてこんなことに……」

レオンも腑に落ちないのか首を傾げた。少し冷静になって、よく考えてくれたようだ。

弟のことはよく分からない。厳しく育てられているのと、魔術の才能はあることなどは分かっているが、最後に会ったのは二年以上前だ。だから彼はずいぶんと成長しているはずだ。大きくなって、重くなって、おしゃべりになって、反抗期になっていても、なぜなぜ期になっていてもおかしくない。

「顔も覚えていないだろうし、弟ってどう扱えばいいのかしら……」

「温かく迎え入れればいいんじゃないか？　エラのことはアンジェから聞いているだろうし」

妹──アンジェリカが語る他人の評価は、よくも悪くも素直で正しいことが多い。彼女は長姉を絶対に『目つきが悪くて無愛想でぐうたらしている』と伝えている。つまり弟はそれを承知で姉に会いに来てくれるということだ。

そう納得したその時だった。

「弟君が市内に入ったと知らせがありました！」

窓の外を見て使用人が叫んだ。見張り塔が光っているから、合図を送る手はずになっているようだ。

（こんな暗号めいたことをしてまで……本当に楽しみにしてたのね）

この浮かれようでは、すでに耳ざとい市民の中にも広がって、浮かれている人々がいるかもしれない。

実の姉よりも弟の来訪を喜んでいる人々を見ると、母に怯えて喜んでいない自分が冷たい女のような気がしてきた。しかし弟との再会の喜びよりも、母が来ないという安堵と、実はついてきているのではないかという不安の方が大きかった。

母は悪い人ではないが、どうしても性格的な相性が悪くて苦手なのだ。

（どうしてこんなことになったのか分からないけど、みんなもお母様のことは止めてくれるわよね？　騙さないわよね？　信じてるわよ）

子ども一人ならともかく、大人が連絡なしに来るなんて失礼なことはしないはずだ。

そう信じて、エレオノーラは天に祈った。

大騒動の末、準備を終えた屋敷内は静寂に包まれていた。

先ほどまでの浮かれ具合が嘘のように、使用人達は淡々と仕事をこなし、大げさでない程度に見える出迎えの準備をすませ、今か今かと息を潜めて待ち構えている。

（落ち着いて見えるけど、まったく落ち着いてないわ）

息を呑んで待ち構える皆を確認してから、エレオノーラは居心地の悪さを覚えながら居間に向かった。今日はどこにいても落ち着きそうにないから、刺繍の練習などしながら待ち構えることにした。レオンは暇だと思われたくないらしく、仕事に戻っている。

「今日はぬいぐるみではないのですね」

エレオノーラの裁縫箱を運んでくれた侍女が、手元をのぞき込んで言った。

可愛いものが好きで、ぬいぐるみを作るのが趣味のエレオノーラは、暇があればぬいぐるみを作る女だと思われているようだ。

「万が一にもお母様に伝わるようなことがあったら、小言がびっしりの手紙が届きそうだもの。針仕事をするなら先にレオン様が恥をかかないほどの腕になりなさいって」

「……やっぱり、お厳しいですね。私から見たら、エラ様はかなりお上手なのに」

「刺繍も嫌いではないからいいんだけど、上手くなったらそのさらに上を目指すように言われるの。私は迫力のある獅子(しし)の刺繍を目指したくないのだけど、母は目指せというのよね。嫌だから幸運を運んできてくれそうな小鳥を目指すことにしたんだけど」

「オルブラの幸運であるエラ様にぴったりですし、縁起物を夫に持たせるのは妻の鑑(かがみ)です」

レオンに見苦しい出来のものを持たせられるはずがないから、練習が必要だというのはひしひしと感じている。夫へ贈る小物を作るというのは、貴族も庶民も共通する伝統である。そんな伝統は嫌だと言って投げ出せば、レオンが蔑(ないがし)ろにされているように思われかねない。

恋愛結婚だと世間に見せつけても、愛情を見える形で与えなければ世間は愛を疑うのだ。

そう思いながら針を取った瞬間、室内の空気が変わった。

「いらっしゃったようです」

と、側(そば)に控えていた侍女が教えてくれた。いつの間にかドアがわずかに開いて、部屋の外に使用人がいた。彼女がそっと知らせてくれたようだ。彼らは互いに強く頷き合うと、外にいた使用人が戸を閉めて去って行く。その表情たるや、何か重要な任務を抱えているかのようで、エレオノーラはただただ呆れるしかなかった。

(子ども一人になんて大げさなの……ひょっとして、わたしが来たときも実はこんな感じだったのかしら?)

群衆に見守られて塔を降りた緊張で、彼らの様子を細かく覚えていないので確信はないが、そのような気がしてきた。

彼らはとても献身的で、エレオノーラの役に立つことを喜ぶのだ。窓を磨いて、部屋も埃一つないように掃除をしてくれていたに違いない。

そんなことも知らずに、エレオノーラはのんきに屋敷に入ったのだ。

(気づかなくてよかったわ。気づいてたらもっと緊張してたもの)

などと考えていたら部屋のドアが軽く叩かれ、自然と背筋が伸びた。

「失礼します」

と入ってきたのはハトコのニックだった。もちろん、その足下には小さな、しかし予想していたよりも大きな人影があった。

「ただいま戻りました」

「ご苦労様です。遠かったでしょう」

ねぎらいの言葉をかける。自然に、意識をしすぎないようにと心がけながら、ニックの背に隠れる少年に視線を向けた。

金髪の男の子だ。父と同じ青い瞳(ひとみ)は、子どもにしては鋭く知的な印象を覚えた。確かに父親似だとはっきり分かる、落ち着いた雰囲気の子どもだった。

言い方を変えると、表情の乏しい、子どもとは思えぬ鋭い目つきの、似なくていいところも父に似てしまった子どもだった。救いは彼が男の子だということだ。

無感動に見える瞳にひたと見つめられると、見透かされた気分になった。

「……こんにちは、ジェリー。少し見ない間に……ずいぶんと大きくなったわね」

エレオノーラは弟のジェラルドに声をかけた。

エレオノーラが知っている幼児を二年ほど大きくした男の子を想像していたが、その姿よりもさらに二、三年は成長しているような背丈だった。弟を小さくて可愛い存在だと思い込んで、小さく想像しているのではないかと自分を疑った。

「だろ？　俺も背は高い方だったけど、それより成長が早いらしいんだ」

ニックがジェラルドの頭を撫でながら言う。大きくなりすぎているというエレオノーラの驚きは、おかしなものではなかったようだ。

「そうなの。生まれた時はあんなに小さかったのに」

じろじろ見てしまうと、ジェラルドはエレオノーラをじっと見上げてきた。

子どもらしからぬ迫力に戸惑っていることを隠しながら、針を針山に戻し、ゆっくりと立ち上がる。すると彼はほんの少し目を大きくした。父で慣れていなければ分からない程度の小さな変化だ。

「こんにちは、ジェラルド。わたしのことは覚えていないかしら」

「お……おぼえて……ます。エラ姉さまです。おひさしぶりです姉さま」

彼は瞳を揺らして言った。誤魔化しているというよりも、自信がないといった反応だ。ぼんやり程度に覚えているとしたら、現物を見て不安を覚えるのは当然だ。

「あの……お身体はだいじょうぶですか？　ずっとはたらいていたりするのは、身体によくありません」

と、ジェラルドは切れ切れに言った。

エレオノーラは使用人達から健康の心配をされていると理解しているので、よく寝てよく食べよく運動しているから、今は不健康に見えるなどということはないはずだ。

「まあ、あの時は病気で太ってたもんなぁ。激痩せしてびっくりしたのか。小さかったのに、ちゃんと覚えてるもんなんだな」

関心するニックの言葉に、ふと、当時はだいぶ太っていたのを思い出す。普段は頭の奥底に封印して思い出さないようにしていたのだ。

姉の姿が変わり果てていたら、驚くに決まっている。姉だと理解できたのは、一族特有の顔立ちと、ハトコのニックに連れてこられたからでしかないのだ。

（雰囲気、変わりすぎてるわよね。細くなって、背もずいぶん伸びたし）

「やっぱり病気……」

ジェラルドは不安げにニックを見上げた。

「ああ、魔力が身体にたまってしまう病気らしいんだ。魔力が強いから、普通の治療では追いついていなかったらしくて、ここに来てからとても調子がいいらしいよ」

「本当にだいじょうぶなんですか？」

「ああ。そのためにエラが魔力抜きに使っていたのがあの『守りの塔』だ。唯一あれを一人で動かし続けても大丈夫なエラだから、オルブラの跡継ぎに選ばれたんだ。それが治療に役立つとはおかしな話だろ。それにいい医者に身体に合う薬を調合してもらえている。あ、薬って言っても、魔力をどうこうするものだし、心配すんなよ」

薬は魔力を作りすぎないように、抜きやすいようにするためのものらしく、下手に煎じるととても苦くなるのだが、料理人が上手く味を誤魔化してパンに混ぜてくれているのでエレオノーラは苦悩なく日々を過ごせている。

「……だから『帰れない』なんだ」

誰かから帰れないのだと聞いたのか、彼はすべてを察したとばかりの落ち着いた声で呟いた。のんきに塔の上は快適だと考えていたエレオノーラは、騙したようで胸が痛んだ。だが、オルブラから出られない方が都合がいいため、否定できない。

「ええ、帰りたくないわけではないけど、あまり離れられないの。離れるとすぐに身体がだるくなってしまうから。その意味では、まだ完全に健康とは言えないのかしら？　でも、ここに来てからとても身体が楽になったのよ」

母の小言が嫌で帰りたくないし、帰れると知られたらレオンの父——国王に呼びつけられるのが目に見えているから試そうとも思わないが、帰りたくないわけではないという気持ちも本当だ。故郷の空気、景色、味、懐かしい人々など、恋しいものは多い。

帰れと言われたら、体質のせいにしてでも帰りたくないのだが。

「じゃあ、今は元気なんだ。よかった」

「そうそう。それに背もけっこう伸びたからな。背が伸びて痩せる人は多いんだ」

「そうなんだ。しらなかった。おしえてくれてありがとうニック兄さま」

ジェラルドはニックに礼を言う。

エレオノーラは『大人びた』とか『綺麗になった』と言われることが多かったから、見た目で健康を心配されるのは変な気分だ。

「心配してくれてありがとう、ジェリー。あなたも初めての長旅で疲れたでしょう」

「昨日(きのう)よく休んだので大丈夫です。あ、エラ姉さまにわたすものがあるんだった。ニック兄さま」

彼は隣のニックを見上げた。彼もクロードに似ているので、まるで兄弟のように見える。

「ああっと、預かった手紙は鞄(かばん)の中だ。あと、出かけにアンジェがたらふくワインやら干しぶどうを持たせてくれたんだ。干しぶどうはレオン様が好きだからって。馬車を任せてきたから、そのうち運び込んでくれるよ」

ワインと聞いた騎士達は大喜びするだろう。妹が持たせたなら、売れるほどの量があるはずだ。地元では当たり前に飲む酒だが、故郷を一歩離れると高級品扱いされるらしいから、ジェラルドを預ける対価としては十分だ。オルブラの人間にワインの味を覚えさせて、買わせたいという下心も当然ある。

「皆にも飲ませてあげたいわね。ジュナもワイン好きなのよ。あと裕福な商人達にも振る舞いたいわ。今度鉱山に視察に行く時、倉庫街の有力者に渡しましょう」

この辺りは蒸留酒が多くワインは少ない。戦争さえなければ元々金銭的には裕福な土地だから高級酒も口に合えば売れるだろう。せっかくできた縁だから、商売でも何でも繋がりができることはいいことだ。

「さすがは姉妹だな」

算段をつけていると、部屋の外から声を掛けられた。

「添えられた手紙に『騎士様達の慰労や、友好関係を広めるのにどうぞ』とあったよ」

ジェラルドがはっと振り向き、背の高いその人を見上げた。

銀髪の騎士王子、レオンを見上げてジェラルドは一歩後ずさった。エレオノーラに背中を向けていて、彼がどんな顔をしているかは分からないが、あまり表情には出ていないだろうと確信を持てた。

レオンは優しげな笑みを浮かべ、ジェラルドの前に片膝(かたひざ)をついて視線を合わせた。

「挨拶が遅れてすまないな。俺はレオン。君のお姉さんの婚約者、君の未来の義兄(あに)だ」

「はじめまして、ジェラルドです」

　彼はぴしりと背筋を伸ばしてから、腰を折って挨拶する。

「ちゃんと挨拶ができるなんてえらいな」

　レオンは頬を緩めて立ち上がる。

「来てくれて嬉しいよ。まだまだ復興しきったとは言えないが、道中の治安は悪くなかったろう。エラが頑張ってくれているんだ」

　頑張っているのはレオンで、エレオノーラは一日のほとんどをゆったり過ごしている。たまに守りの塔で魔力を抜きに行ったついでに、市内を練り歩いて治安維持に貢献しているが、市外のことは本当に何もしていない。

「はい。いい人ばかりで、安全でした。景色もおもしろかったです」

「そうか。面白かったか。初めての遠出だもんな。色々と珍しいものがあったろう」

「はい。木や、葉っぱが違いました」

　するとレオンはからからと笑う。

「目の付けどころが違うな。よく見ることはいいことだ。世の中には、それすら気づけない者がいるからな。未来の弟が将来有望で嬉しいよ」

　レオンは爽やかに微笑んでジェラルドを撫でた。本当は浮かれているのに、必死で爽やかで格好いいお兄さんを演じているのだ。

（わたしの前で見栄を張って、格好いい男を演じているって教えてもらったことがあるけど、つまりこういうことなのかしら？）

彼の浮かれた姿を見たからこそ、演じているのがよく分かる。傍から見ると彼のように演技の上手い人でもこう見えるというのは、いい勉強になった。

「ジェラルド、今夜は歓迎のご馳走を振る舞いたいんだが、何か食べられないものはないか？オルブラ料理が口に合えばいいんだが」

「だいじょうぶです。なんでも食べられます。なんでも食べられないと、立派なおとなにはなれないって、母さまにおそわりました」

いかにも母らしい教えだ。エレオノーラも好き嫌いは許してもらえなかった。招かれた先で好き嫌いをすれば、家主の気分を害するから、と。

もっともな理由だったので反論もできなかったし、好き嫌いもあまりないので害のない教えだった。おかげでエレオノーラは極端な味でなければなんでも食べられる。

苦い薬草だけは、どうやっても慣れなかったが。

「それは立派な心がけだな」

レオンはジェラルドの頭をくしゃくしゃと撫でる。ジェラルドは嫌がるそぶりもなく、淡々とそれを受け入れていた。それを見て、彼を連れてきたニックがエレオノーラの隣に立って、身をかがめて耳元に口を寄せた。

「なぁ、エラ、レオン様なんか……異常なほど浮かれてないか？」

「分かる？　レオン様が突出してるけど、みんな浮かれてるの。使用人達が特に」

「ああ……さっきから出入り口に来ては去ってく奴(やつ)らとかか」

　最初からいた侍女の隣に、いつの間にかここに必要のない人達がさらっといることが、浮かれているのを証明している。入り損ねた使用人達が、悔しげに去って行くのも面白い。

　レオンは浮かれているのを隠しきれなくなってきたのか、今度は抱き上げようと動いたので、慌てて口を挟んだ。

「ジェリー、昼食もまだよね？　食事の準備が整うまでここで休んでいる？　それともジェリーのために用意した部屋を見に行く？」

　エレオノーラが問いかけると、彼は無表情で逡巡(しゅんじゅん)してニックを見上げた。初めての場所でどう振る舞っていいのか分からないのだ。落ち着いて見えるのも、緊張のせいだろう。

「疲れてはないだろ？　姉さんに会うのを楽しみにしてたもんな」

「はい」

　淡々とした素直な頷きだった。会いたがっていたと言われると、別の心配をして、どう接していいか悩んでいた自分が冷たい姉のように思えて恥ずかしくなる。

「せっかくだし部屋を見に行くか？　荷物も揃(そろ)っているか確認しないといけないしな。あと、預かっていた物は部屋に運ばれてるだろうし」

「はい。取りに行きます」

彼はこくりと頷いた。渡さなければという責任感が見える。

「では、案内してもらいましょうね。誰か、お願いできる？」

エレオノーラが問うと一番位の高い執事が前に出た。オルブラのことをすべて知り尽くした、レオンに助言してくれている仕事のできる中年の男性だ。現在の彼の主な仕事はレオンの秘書業務であり、オルブラの立て直しの陰の功労者と言ってもいい。

「どんな部屋かしらね。わたしもまだ見ていないの」

「姉さまの知らないお部屋ですか？」

「ええ。他の人の部屋に入るのは失礼でしょう。使用人も多く住んでいるから、自分の管轄しない部屋には入らないわ」

するとジェラルドは頷いて、何かを考え込む。何を考えているのかはさっぱり分からないが、落ち着いて見える顔立ちのせいで、子どもだてらに深い考えがありそうに見えてしまう。

父親も黙っていれば落ち着いた人間だと勘違いされていたから、それに似た彼もそう勘違いしてしまっているだけで、本当は何も考えていなくてもおかしくはない。

「屋敷は広いからな。後で案内しよう。庭の番犬たちにも紹介しよう」

「ばんけん……イヌ？」

レオンの言葉に、ジェラルドは初めて瞳に感情を表した。

「ああ、犬だ。強くて賢くて可愛いぞ。ジェリーは動物が好きなのか？」

「すきです」

「他に馬と猫がいる。あと、エラが餌をやっている野鳥がたくさん」

「鳥にエサをやっているんですか？」

「ああ。後で餌をもらってあげてみるか？」

「はい」

ジェラルドは二度頷いた。明日(あす)の朝の餌やりも彼に譲ろうと決めた。彼の部屋はエレオノーラの部屋の隣だから、行き来は簡単なのだ。

「他に何かしたいことがあれば遠慮なく言ってくれ。可能な限りは手配しよう」

「……あっ」

レオンの言葉でジェラルドは何かを思い出し、声を上げた。

「母さまとの約束で、先生をつけてもらって、毎日勉強しなさいって」

それを聞くと、レオンの頬が若干引きつった。黙っていてもおかしくないことを、自分から言い出すのだから彼の真面目さが分かる。エレオノーラなら必要最低限の勉強はしても、先生をつけてもらえと言われたのは内緒にする。

「……その年で……毎日勉強か。どんなことを勉強しているんだ？」

「いろいろです。教科書はもってきました」

レオンは額に手を当てた。エレオノーラは母がどんな人だったかを思い出す。詰め込んでいるだろう。詰められなければ無理はしないが、詰まるなら詰まるだけ詰め込むのだ。止めたくても、ジェラルドが自主的に言い出すほど嫌がっていないので、誰にも止めようがない。

「……じゃあ、エレオノーラにオルブラのことを教えてくれている先生がいるから、後でジェラルドの勉強も見てもらえないか聞いておくな」

「ありがとうございます」

彼は丁寧に一礼する。そうするように叩き込まれているのが分かる、流れるような美しい所作だった。

それを見れば、母に色々と詰め込まれていることに確信が持てた。

エレオノーラはジェラルドから受け取った三通の手紙を眺めた。

一通は母、一通は妹、一通は叔父。

ペーパーナイフがないからとジェラルドに与えられた過不足のない部屋から、自分のぬいぐるみの多い部屋に戻り、手紙を並べて腕を組んだ。

レオンは当然のように、ニックが手紙の補足をするために付いてきている。

ジェラルドは身内の騎士に任せているので、寂しがったりはしていない。鳥の餌も手配したから、しばらくは退屈もしないはずだ。

エレオノーラはまずは妹の手紙から開封した。叔父の手紙は堅苦しそうだから妹の次、母の手紙は見なくても分かるから最後に開封する。妹は遠慮なく分かりやすく事実を書いているはずだから、遠回しな表現や、美辞麗句に惑わされなくてすむのだ。

妹の手紙は予想通り手紙として必要な最低限の簡単な挨拶から始まり、すぐさま事情説明に続いた。内容を読むうちに、どうして妹が一人でもジェラルドを旅立たせたのか理解できた。

「やっぱり何か問題が？」

レオンが心配して声を掛けてきたので手紙を渡す。エレオノーラは叔父からの手紙も読んで、似たような内容が書かれていたことから事実なのだと察した。

「母親の教育が厳しすぎて、自分の意志を殺すようになっている……ということか」

レオンが小さく手紙の内容を呟いた。

妹の手紙の内容を要約するとこうだった。

『お母様の教育が厳しくて、ジェリーの情操教育に悪いの。賢いし自分の考えもちゃんとあるけど、自分の意見や感情を表に出せなくなっているわ。元々お父様も姉様も表情が豊かではないから同じだと思ってる人が多いけど、二人は嫌なことから逃げられる人だったでしょ？　全然違うのに、この危うさをお母様に理解してもらえないの。

友達がいればよかったんだけど、身分の近い年の近い子どもなんて身近にいないのに、身分の違う子との遊びも禁じられてるのよ。息抜きに叔父様と遊ばせようと思って騎士としての訓練を始めようって提案してみたりもしたけど、幼い子どもは身体が未熟だから訓練は早いって正論で返してくるから、お母様と引き剥がせないの。このままじゃ頭でっかちの大人になっちゃうわ。そっちには同年代の子どもがたくさんいるでしょ？　お母様は押さえておくから、ジェラルドが子どもらしさを理解するまで預かって！

お父様のことを一番知っているレオン様がいるし、旅は子どもを最も効率よく成長させるってお母様のことを丸め込んであるから、こっちのことは心配しないでちょうだい』

という内容が書かれていた。珍しく嫌みを書いていない、切羽詰まったように受け取れる内容だ。そのように危機感を募らせるのが目的だろうが、それでも――。

「ニックお兄様、これは事実？　大げさに書いてあるだけ？」

「事実寄りだな。ただ、普通に賢いし愛されてはいるから、育ち方は本人次第になりそうな感じ。寄宿舎学校にでも叩き込めばどうにかなると思うが……それより前に、厳しい環境から外に出て、子どもらしくさせてみて、社交性を学ばせて様子を見たいよなっていうのがアンジェ寄りの身内の総意。世間知らずは後で苦労するから」

ニックの言葉を聞いてから、叔父の手紙を再び読むと、確かにそんな意図が見えた。

「無表情を抜きにしても落ち着いた子だと思ったが、緊張してるからじゃなくて、普段からああなのか？」

「落ち着いた子だってのは間違いないです。ただ、許可を出してやらないと動けない。延々と待てをさせられている犬みたいというか……」

　ニックはため息をついた。

「馬を見つめてるくせに、触っていいかも聞いてこなかったんです。撫でさせてやったら喜んでました。それで次から疑問があれば聞いてくれれば安全かどうか判断するって言ったら、触っていいか聞かれたり、さっきみたいに様子を見たりするようになりました。許可が出ると積極的にできるから、生まれついてではなく、やっぱり親の圧力のせいかと。ほら、逆らいがたいですし」

　ニックは実際に体感して、皆の言い分を理解したようだ。

「まったく言うことを聞かないよりもいいんですが、許可が出ないことをしない癖を作ると、大人になった時に咄嗟の判断ができなくなるから、何が安全で何が危険か徐々に学習させてやらないと。それには過保護な親が邪魔というか……」

「確かに、危険かどうかとかは、親との会話や、友人との遊びで学ぶからな。遊びを教えたがるのはそういう理由か」

　ニックや親戚達は、彼を自分で判断できないほどひどい大人にはならないと思っている。それは判断できるのに押さえつけられて、能力を制限させられてきたとも言える。しかし子どもの判断に任せっぱなしでは危険なのは本当だから、実の母親には口出ししにくかったのだ。

特に身内となると、家業のことが絡むから難しい。まだ幼いがジェラルドはリーズ家の当主であり、今は母が代理として領土を治めている。だからよけいに神経質になっているようで、身内の男のジェラルド関係の親切な助言は、当主のジェラルドを幼いうちから自分になつかせて、操ろうとしているのではないかと疑心暗鬼にさせてしまうようで、口出しをしにくいらしい。

「あと、このままだと反抗期になった時の反動がでかいんじゃないかって、親父達が心配してました。こんな田舎(いなか)の跡継ぎは嫌だって家出するかもしれないって。ほら、若い男の家出理由なんてだいたいそれだし、長女が家出して成り上がる前例を作ったし」

縁談が嫌で家出した長女としてはぐうの音も出ない言い分だった。

「こんな悪い身内の見本みたいなわたしが預かってもいいのかしら?」

「だからこそ本人を見せて、自分の守るべき場所を守ることの大切さを学ばせれば?」

ニックがさらりと難しいことを言う。

「遠いところに住んでいる身内に頼むのはよく聞く話だ。上に立つ者について教えて欲しいんだろう。だから義母上(ははうえ)もニックに託すのを許したんだ」

そう言ってレオンはため息をつき、ニックが相づちを打つ。

「確かにおばさんも父親の代わりに立派に育てなきゃって思いもあるんでしょうね。レオン様を見せるのはいい勉強になるって、俺ですら思うんですもん」

　だから納得して送り出したのだとしたら、いい加減な教育はできない。自分の駄目な部分を吸収してしまわないかと、冷や汗が背筋を落ちる。

「レオン様は血縁者でないし、エラだけのために身内になったのも、おばさん的にはよかったんでしょうね。身内の男達はみんなクロードおじさんによく似たジェリーに期待を寄せて口を挟むから、ジェリーを手懐けて操ろうとしてるんじゃないかって疑われるっぽいんです」

　先ほど妹の手紙に書かれていたようなことをニックも言う。彼の短い滞在で同じ結論に達するほど、母は気が立っているようだ。

「気持ちは分からなくもないな。俺も身内の男はみんな怪しく思ってる」

「殿下にお仕えする俺のことは何とか信じてもらえたんで助かりました」

「おまえの場合、ジェラルドが生まれる前にも姉妹を口説いたことがないからな」

　ニックは肩をすくめた。姉妹にとっては当たり前のことだったが、それが信頼に繋（つな）がるとは、思ってもいなかった。

「それで幼い子どもを母親から引き離していいのか悩んだけど、本人は姉に会えて嬉しいみたいで、平気そうだからよかった」

　愛がない母親ではないから、引き離すのが不安なのは同意だ。家が恋しくて泣かれたら、妹の願いを叶える前に送り返すことになる。けろりとしているのだから、大したものだ。

「なるほどな。事情は大体把握した」

レオンは覚悟を決めたように小さく息を吐いて、手紙から顔を上げた。

「つまり、父親代わりが必要なんだな」

「ちげぇよポンコツ王子！　なんでクロードおじさんが絡むと途端に知性をどっかにやっちまうんですか!?」

ニックは反射的に口汚く否定した。

「くっ……だが、少なくとも、自分の父がどれだけ愛されて、どれだけ偉大であったか、肌で触れる必要があるはずだ。それを語ってやれるのは」

「俺達にもできますから」

浮かれたレオンを冷たい視線で覚まそうとするニック。

「だが、義理とはいえ兄だぞ」

「まだなってないし。んでもって俺達は正真正銘血縁者で『兄さま』です」

「すぐにでも結婚したいのに、できないんだから仕方ないだろ！」

レオンはニックの冷たい視線に負けてしおしおと項垂れた。ずっと慎重に時期を考えていた彼が、結婚を急いでいたとは思いもしなかった。

「お兄様、そんなにいじめなくても」

悪い気がせず、思わず庇ってしまった。彼はそんなエレオノーラを呆れて見る。

「最初に言っとかないと、暴走するぜ。ジェリーは色々とおじさんやおまえに似てるんだ。おじさんが大好きなこの人は、浮かれて浮かれたことをしかねない」

「ここまで言われたんだから、もうしないんじゃ？」

レオンは自分を律することができる。エレオノーラに対してもそこまでひどくはなかった。

「エラは甘いな。レオン様の暴走を知らないからそんなこと言えるんだ。この人は有能だけど、おまえが絡むとだめ男になるんだよ。おまえは迷わず受け流すからいいが、ジェリーにはそんな経験がないから流されるだろ。甘やかされるままの男になったらどうするんだ」

ジェラルドにはまだ何もしていないのにずげずげと言われ、ますますしゅんとするレオン。

しかし一度の拒否で引いてくれるから押しつけがましく感じなかったとはいえ、エレオノーラは嫌なことはやんわりとだがすぐに拒否していたのは間違いない。

「そうね。望まない贈り物は見るのも嫌になってくるし、ほどほどがいいわ」

たまになら理由もなく甘やかされるのもいいが、それは自分が引き時を理解できているか、相手が引いてくれる場合だけだ。

「ジェリーの場合、自己を確立してしまったらすむ話よね。お母様の子育ては大体知っているけど、足りないとすれば選択肢を与えることだと思うの」

「選択肢……なるほど。確かに一言で表すなら、それが一番大きいな」

レオンが顎に手を当てて頷いた。彼はこういう根に持たない性格だから拒否もしやすいのだ。

「はい。問題なのは、ジェリーが一人だったということです。わたし達姉妹は年も近いので愛情と干渉を二分できていたので、一息つくことができました。でも、ジェリーは一人でそれを受けていたんです。考える間もなく、詰め込まれたんだと思います」

レオンが目を伏せて眉間にしわを寄せた。

「そうだよな。あの人はそういう人だ。クロードを人前に出しても恥ずかしくないように仕上げたのもあの人なんだよ。キツいけど、有能だからタチが悪いんだ」

だからこそ厄介なのだ。間違ってはいないから強く言えない。ジェラルドの教育も不安はあるが、まだ間違っているというほどではない。ただ不安になるだけだ。

「だからあの子には選択肢を与えて、考えさせて、大人に聞いて、学習してもらえばいいんです。これならニックお兄様がしたことの地続きですし、今までを強く否定はせずに、伸びる方向で自由にさせれば、お母様の教育も生かせます」

エレオノーラは魔力がたまって身体が辛くて動けず太っていた。運動しないから太るのだと無理やり連れ出された。太っているのをからかわれて人見知りになったら、人に慣れていないからだと色々と連れ回された。

例外的な珍しい体質でなければ、間違っているとは言えない教育方針だ。愛情はあったが、理解されていなかったからこその苦痛だった。

幸いにもジェラルドからはまだ苦痛を感じない。

「選択を与えって、つまり現在進行形でエラがやらされてるやつか」

エレオノーラは自分の生活を思い返す。確かに選択を与えられ、自分で選んで、不安なら聞くという生活を送っている。

「自主的にやっているだけだけど……そうよ。幼いうちにやらないから、大きくなって苦労してるのよ」

騎士の家系だから、男児が生まれなければ身内の誰か、もしくは娘に婿入りした騎士が跡を継ぐのだろうと誰もが思っていたから、政治や商売などまったく縁がなかった。

それが国内でも有数の魔鉱石の鉱山と商業都市の長となるとは思ってもいなかった。形だけとはいえ、何も知らないではすまない。

戦後処理の何もかもレオン任せだった。それどころか平常の仕事も任せっきりだ。

何も知らないお飾りの領主などという、いつ優れた能力を持つ正当な血筋の誰かに奪われてもおかしくない立場では、安心して暮らせない。完璧でなくても、ちゃんとしているように見えてこそ、民の支持を得られるのだ。民の支持があれば立場は奪われにくくなり、能力があれば追われても生きていける。長い人生、何があるかなど分からないのだから、備えておいて損はないというつもりで、ほどほどに学習しながら仕事をしている。

「アンジェはジェリーに年相応、身分も関係なく体験するはずの遊びや、友人を作るって機会を望んでいるんです。それが合う合わないは本人に判断させるんです」

やらせてみて子どもの外遊びをくだらないと思うなら、それに合わせた教育をすればいい。民に嫌われない程度の良識さえ理解していればいいのだ。

「だったら簡単だな。ここの子ども達は都会育ちで品がいいから、タチの悪いことを教える子はいない。都育ちほど気取っていないし、自然体で接してくれるだろう」

孤児ですらしっかりと挨拶ができて、礼儀を知っている。実家の地方の子ども達は、よく言えば純朴、悪く言えば畑ばかりの田舎で育った乱暴な遊びをしている子ども達だ。

「はい。母が村の子達と関わって欲しくないのは、捕まえた蛇を振り回したりとか、捕まえた虫を女の子の服の中に入れたりとか、そういうクソガキが目に付いたからだと思いますし」

そんな男になって欲しい母親はいないだろう。紳士的に接して欲しいと願うものだ。

「ジェリーを明日のお散歩に連れて行こうと思います。わたしが塔の中にいる間、遊んでくれる子がいないか声を掛けにいってもらいましょう」

「そりゃあいい。ジェリーも塔のことは気にしてたから喜んでついてくるだろうな。それは俺が頼んでおく。意図をくみ取っていい感じに人を集めるのが上手い奴がいるんだ」

ニックが親指を立てて片目をつぶる。意図を理解して誘うのと、理解せずに誘うのでは子ども達の反応が違ってくる。いつも気さくな彼なら、子ども達も遊びの一環として乗ってくれるだろう。

「後のことはその時の様子を見てから決めるとして、今日はどう乗り切ろうかしら？」

「普通でいいだろ。普段どう過ごしているか教え合って、好きなものを聞き出してとかさ」

姉弟らしくなるために互いを理解し合えるように過ごせばいいのだ。

「会話、続くかしら」

「続かなかったら、趣味のぬいぐるみでも紹介してやれよ。見た目の怖さが薄れる」

「お母様に知られたくないんだけど」

「告げ口はしないだろうし、ぬいぐるみは戦争孤児にやるんだから文句は出ないだろ。エラが子ども達にぬいぐるみとか玩具を作ってやってるのは都でも有名になってるから」

「そんな話が広まっているの？　嘘でしょう……あの子にどういう目で見られてるの？」

「そりゃ、普通にすごくて憧れる姉だよ。おまえにはちゃんとしているように見てもらいたいって背伸びしてるぐらいにはさ。だいたいぬいぐるみとか可愛いもの好きなのは、とっくに知られてるよ。アンジェが全部教えてるに決まってるだろ」

「そうだった。あの子はそういう子だった」

妹が話したとすれば、それも含めて話しているはずだ。

「……仕方ない。でもお母様には言わないようにお願いしないと」

ため息をついて受け入れる。昔のぐうたらしていた頃のことは、病気のせいでだったと思わせられたらエレオノーラの勝利である。

「じゃあ、そろそろ戻ろうか。あんまり時間をかけていると、手紙に何が書いてあったか不安になるかもしれない」

レオンの指摘を受け、読んだ手紙は机にしまい、念のために母の手紙も目を通した。特に重要なことは書いていない。あれをさせろこれをさせろという、どうでもいい内容だ。

(却下ね。子どもらしくないし、あの子が一人家に残ってまで家を出した意味がないわ)

これは迷惑をかけすぎた妹にできる姉としての数少ない償いでもある。

却下と思いながらも母の手紙を念のために最後まで目を通し、最後にとんでもない苦言が紛れ込んで顔が引きつった。

「……レオン様」

「ん?」

レオンが何も言わずとも、後ろから手紙をのぞき込み、最後の一文に目を通した。

『最近、明らかにあなたへの下心からアンジェに結婚を申し込む低俗な男が増えたわ。リストを入れておいたから、この無礼で愛のない男達をなんとかしてちょうだい』

と書かれていたのだ。添えてあったリストとやらには、十を超える人名が並んでいた。

「今夜にでも手紙を書いて手を回してもらえるように頼むよ」

「お願いします」

姉が権力を手に入れたから妹に取り入ろうとする低俗な男からの誘いほど、腹立たしいものはないだろう。直接やって来たとしても、身内の男達は強いので身の安全は問題ないが、それでも本人にとっていい気分ではないはずだ。

「心配してじいちゃん達の誰かしら泊まり込んで護衛してるから安心しろ。おばさんも、じいちゃんたちは頼りにしてるから」

「それなら安心だけど、男衆にもお詫び(わ)びの品を用意しなくちゃ」

「それなら剣でも送ればいい。オルブラの武具を喜ばない剣士はいない」

武具の善し悪しは分からないので、それもレオンに任せることになる。

「いくら叩いても後から後から問題が出てくるなんて、今の時季の雑草みたいだわ」

ジェラルドには、本人の人柄を見ない女には気をつけるよう教えておかなければならない。

◇◆◇◆◇◆◇◆◇

レオンはちらりと隣に立つ幼児を見る。

空を見上げるその横顔は、幼い頃のエレオノーラに似ていた。幼いのに可愛らしさより、父親譲りの威厳を感じさせる顔立ちは、子どもとは思えぬ異彩を放っている。近くにいる同年代のはずの子ども達と同年代には見えないのは、背丈だけの問題ではない。

アンジェリカの手紙にも書いてあったのだが、ジェラルドは勉強が好きなようで、同年代よりも読み書きや計算する能力が高い。本を読むのが好きで、寝る前や寝起きのちょっとした時間で自主的に本を読んでいた。

頭でっかちの出不精というわけではなく、市内見学に誘うとすぐさま本を閉じた。表情には出ていなかったが、その機敏な動作からは、渋々ではなく、うきうきとした気配を感じた。

先ほどエレオノーラと手を繋いで塔の上の部屋にまで上ったのだが、部屋の中央に置かれた巨大な水晶を見つめる視線には間違いなく好奇心が宿っていた。

そう感じたのはそうであって欲しいという願望だけではないはずだ。

親元を離れれば彼に足りないものがすぐに身につくと、実の姉が判断したのが理解できた。子どもらしい喜怒哀楽を見せないのも、父と長姉もそうなのだから完全に血筋である。

(将来は、エラよりもクロードに似る……ことがないように気をつけないと)

レオンは敬愛する師の裏の顔を思い出して決意した。クロードという男は、凛々しい見た目に反して、愚痴が多く、あまり働きたがらない男だった。愚痴を言いながらも外に行くよりは楽そうだと、子ども達の指導を引き受けてくれた。

仕方なくと言いつつも、実の親よりも可愛がってくれたし、知らない世界を教えてくれた。困っていたら渋々手を貸してくれるし、どうすれば効率がいいか教えてくれた。

レオンは何でもできるとよく言われるが、クロードから習った部分が大きい。彼はとにかく要領がよかった。自分が楽をするためにそうしているということを、あまり隠さなかった。それを照れ隠しだの、騒がれるのが面倒くさいだのと他人は思っていたようだが、事実であると彼の身内と教え子達は知っていた。

（それを知っていても、クロードは慕われているから似るなとも言えないんだよな）

クロードをレオンと友人達は慕っている。訳ありの子どもが多かったから、受け入れてくれる大人を慕わないのは難しい。実の親がそれすらしてくれなかったのだ。

だからこそ、彼とよく似た幼いジェラルドが愛おしい。

エレオノーラの散歩の時は三人しか護衛は付かないのに、今日は無駄に十人いるほどだから、レオンだけの思いではない。しかもくじ引きで減らしてこれらしい。

（エラにも浮かれていると言われたが、確かに浮かれてるな）

エレオノーラが守りの塔の上で領内を守っていた時に、彼女の様子をこっそり見に来ていた時も浮かれていたが、クロードを死なせてしまった穴埋めをさせているような罪悪感もあったから今よりは隠していた。

本人は軍人の娘らしくすっぱり割り切ってあそこにいたから、罪悪感を持っている者がいるのを知った時の彼女は少し呆れ顔だった。それは彼女が一人でも生きていけるのだろうなという強さを感じさせた。それが彼女の魅力でもあるが、彼女を助けたいという欲求を持つレオンはもっと頼りにしてもらいたい。他の皆も大なり小なり同じことを考えているはずだ。

だからこそ、明確に助けが必要なジェラルドに手を貸せるのが嬉しい。

そんな理由で構われているとは思ってもいないだろうジェラルドは、エレオノーラが塔に一人になってしばらくしても、塔を珍しげに見上げ続けていた。

こういう性質だからこそ、母親が詰め込み教育をしたのだ。

「塔のことが気になるか？」

「はい。アンジェ姉さまにどんな塔だったか教えてって言われたんです。白くて背の高い塔の上で、透明な石が光っています」

彼は飽きずに塔の上を見上げていた。石壁の白い塔だ。そのてっぺんには大きな水晶がある。水晶は元より魔力を帯びやすい鉱物であり、最上級の魔鉱石は水晶に近い石が多い。

エレオノーラは二年間、戦場も近く娯楽もないあの塔の上で、水晶と共に結界の動力として暮らしていた。あの結界があったからこそ一撃で砦を破壊するような兵器からオルブラを守ることができたのだ。

あの時のレオン達はそれを見上げるしかできず、悔しい思いをしたものだ。本人が大したことをしていないと本気で言ってのけた時は、思わず惚れ直してしまった。

どうにかして彼女をあそこから解放したいと思っていたのに、彼女の健康のために今でも塔に頼り続けているのが皮肉な話だ。

「あれは部屋の中にあった石と対になっている。よく見るとただの光ではなくて、虹色に輝いているだろう。集めたエラの魔力を放出しているんだ」

人格など魔力の美しさに関係ないが、彼女の人柄が表れているような気がする美しさに、ジェラルドは真剣な表情で頷いた。

レオンが塔の説明を始めると、遠慮がちに離れてついてきた子ども達も、これ幸いと声が聞こえるように集まってきた。

「守りの力を発動すれば薄(うっす)らと空に膜が張り、武装した敵の侵入を防ぐんだ。この塔は神の力で人々を守るために造られたから、正しくなければ力を発揮しない。だから人々を制圧するための武装を持ち込めないいんだ」

「神の力……」

「そうだ。この塔を造った魔術師達、ほら、あそこで外から様子を観察している白いローブの男性がいるだろう。彼らは神に仕える神聖系の魔術師なんだ。だからこそ、普通の魔術師達には真似(まね)できない、こんな突飛で強力な力を持つ塔が造れたんだ」

「そんなにすごい人なんですね」

「ああ。彼らがエラの薬も調合してくれている。たまにちょっと怪しい言動があるが、浮世離れしてるだけで、変わったことをしていても悪気はないから信じていい」

ジェラルドは塔の調整をするための何かを計測をしている男を見て感心した。変わり者集団だということは、この言葉だけでは通じないだろうが、大切なのは彼らが変わっているのを知っていれば、それを見て怪しむ自分を止められるということだ。

「今は結界を張る必要がないから、吸い上げた魔力は壁沿いに地下の研究室に下ろしている。塔の内側を通っているから外からは魔力が落ちていく様子は見えないんだが」

その言葉に、集まっていた子ども達どころか、騎士達まで「へぇ」と声を出して感心していた。抜いた魔力がどう移動して使われるのかは知られていないらしい。

「地下に集めた魔力は、塔の改善のための実験に使ったり、何かあった時にすぐに皆を守れるよう溜めているんだ」

「あの石じゃなくて、わざわざ別のところで溜めるんですか？」

「魔鉱石が魔力を有しているから勘違いされるが、魔力を溜める力はそんなにない。例えばエラが身につけている魔力を吸い出すための魔導具も、使い切れない余分な魔力は外に放出している。そうしないと壊れてしまうんだ。だからエラは毎日違う魔導具を身につけている」

事情を知っている子ども達は、なるほどと納得した。

「魔鉱石というのは、魔力を操作したり、増幅させたり、性質を変えたりするのに使うんだ。だからエラ一人の魔力でも結界を維持できたんだ」

ただすごい鉱物だと思っている子ども達には難しいだろうが、知っているという顔をしている子どももいる。

「魔力を持たない人も石で動き続ける魔導具を使ってますけど、どうなってるんですか？」

近くにいた少年も質問を投げかけてきた。ジェラルドもそれもそうだと頷く。

「魔力のない人向けで動き続ける道具は、月光に当てる程度の手入れをすれば魔力を補充できる程度の弱いものばかりなんだ」

今度は理解している様子の子としていない様子の子が半々ぐらいだった。教えることの難しさを実感しながら、理解している子ども達に向けてさらに説明する。

「もちろんすごい力を持つ魔導具もある。そういったものは魔力を使い切る使い捨て前提のものが多い。身を守ったりとか、逆に大爆発を起こすようなものだな。オルブラでは護身用のが花嫁道具として持たされると聞いた」

子ども達は身近な存在を出されて、互いに頷き合う。

「魔力のない人にも使えるが、やはり石の力を最も効率よく使えるのは魔力を外から込めた時だ。炎を纏(まと)うだけの魔剣も、魔力があれば炎を放つ魔剣になる。複雑な装置を介せば、結界で人々を守ることも、神の怒りの雷を落として悪を粛正することもできる」

それを実際に見た子ども達には理解しやすかったようで、全員が分かったようだった。

「エラ様の魔力は、キラキラしてすごくキレイです。他の人はもっとにごってましたもん」

女の子はうっとりと守りの塔の頂を見上げて言う。

「そうだな。高純度の魔力である証明で、他の者だとあれほど輝かないらしい。ああなってしまうほど魔力があるのに自力では魔力を外に出せないから、外から魔力を抜かないと身体を壊してしまうんだ」

彼女の生き様を表すような本当に美しい輝きだ。

「エラ姉さまは、そんな身体でこんな遠くまで……」

見上げるジェラルドの瞳には、他の子ども達と同じような尊敬の念が宿っている。

愛する人が尊敬の念を向けられるのは、自分のことでないのに誇らしい気持ちになって、ますます浮かれてしまいそうになる。エレオノーラが知ったらさぞ可愛らしく動揺するだろうが、今頃はまた新しいぬいぐるみを作って気晴らしをしているから知る余地もない。

「ジェリー、自分でも旅を体験してみてどうだった？」

ジェラルドは世話をしてくれる大人と一緒にここまで来たから苦労は少なかっただろうが、それでも大変なことはあったはずだ。

「ぼくは連れてきてもらっただけで、一人だったらどうすればいいのかさっぱりわかりませんでした。アンジェ姉さまの言うとおり、エラ姉さまはとてもしっかりしてます」

ジェラルドは難しげな顔をして考え込む。真剣に考える様はいかにも真面目で、父親とは似ても似つかない。

「エラはしっかりしているとはちょっと違うような……」

ニックがクロードと似た髪質の金髪を掻(か)きながら呟く。彼がジェラルドの隣に並ぶと、兄弟のように見えてしまい、すねを蹴(け)りたい衝動に駆られるが、子ども達に乱暴者と思われたくないから我慢した。

「そうだな。別に普段はのんびり屋だしな。突発的に行動するだけで……クロードもそういう手合いだったんだが」

「アンジェ姉さまも言ってました。父さまは帰ってくると、数日は外に出なかったって」

　彼女は家族をよく理解しているが故に、遠慮なく父親の武勇もだめなところも教えただろう。他の連中とは違い、美化せず、英雄ではない真実の父を語ったのだ。

「アンジェは正直な人だから、彼女の語ったことはだいたい合っている。クロードはすごい人だったけど、休みの日にはだめな男になっていたな。それを補って余りあるほど強くて、親切で、皆から尊敬される男だった。なあ」

　レオンは近くで一緒に虹色に光る石を見上げている子ども達に声を掛けた。すると心得たとばかりに彼らは頷く。

「は、はい。クロード様は厳しそうに見えて、とても優しい人でした」

「エラ様に似て……エラ様が似てるのか。エラ様は今も新しいぬいぐるみを作ってくれているものな。クロード様もそうでした」

「うん、優しく言うところも、器用なところも似てます」

　子ども達はエレオノーラを基準に褒めだした。今や彼女が身近な存在で、基準になってしまったようだ。

「クロードが何か作っていたのかい？」

「はい、鳥のオモチャを作って遊んでくれたんです」

「どんなオモチャだった?」

「これ！　飛ばして遊ぶんです」

そう言ってジェラルドより少し年上の少年が薄い木で作った鳥を飛ばした。風を受けて思ったよりも遠くまで飛んだ。その様子が本当に鳥のようで面白い。

こういうオモチャを初めて見たのか、ジェラルドが目を見開いた。

「ジェリー様も飛ばしてみる?」

「いいんですか?」

「もちろん。気に入ったら、後で作り方を教えますよ」

と、十歳ぐらいの少年が提案した。ジェラルドは一瞬考え込み、レオンは彼が振り返る前にそっと肩を叩いた。

「好きにしていいぞ。ジェリーがやってみたいなら教えてもらえばいいし、見ているだけでもいい。遊びなんだから、迷惑をかけない範囲で好きに楽しんでこい」

「……ええと、なら、やってみたいので、教えてもらいます」

背中を押すと、彼は子ども達の輪の中に入れてもらう。入っていくのではなく、自然に入れてもらった。

(さすが商業都市に住む子ども達だな。大人が求めていることを理解している)

不安のない、丁寧で、かといって義務感が見られない素晴らしい態度だ。

「これなら、未来の義妹が望んでいる方向に行けそうかな」

義理の兄として、完璧な父親の代理であると自負できる流れだ。

「アンジェもきっと涙を流して喜びますよ」

「ジェリーが子ども達と遊ぶなんて、家にいたらありえなかったですもん」

ニックと故郷に帰った騎士達が、嬉しそうに頷き合う。

「あいつ、子どものくせに美味しい菓子を前にしてもはしゃいだりしないし、食べても無表情だし。美味しいとは言うんだけど……」

「貴族が感情を表に出すのは品がないっていう考えがあるのは知ってますけど、それにしたって感情を表に出さないんですよ。クロード様でもあそこまでひどくなかったですもん」

「喜んでるはずなのに貴族らしい微笑み以上を出せなくなってるんです。今はあんま顔には出してないけど喜んでるのが分かるから安心しました。あいつも遊ぶと楽しいんだって」

身内達は喜んだり、悔しげに訴える。

「やっぱ、同年代の子ども達に任せてよかった」

「都会の子どもって察しがよくてすごいな。エラちゃんやおじさんが何も考えてない時は似たような感じだから、反応が薄いのに慣れてるってのもあるんだろけど」

自分達の田舎の子ども達は大らかで細かいことは気にしないと言いたいらしい。気遣ってああいう態度か、気にせずぐいぐい引き込んでくるかの差はあるだろう。エレオノーラも地元の男の子達の遊びが野蛮で怖がっていたから、彼らに任せていたら荒療治になっていた。

「……父親を帰してやれてれば、気にするようなことじゃなかったんだけどなぁ」

「それは言うなよ。その分、みんなで可愛がってやればいいだろ。今は血縁者だけが頼りになる人だけど、俺ら以外にも優しい兄ちゃんはたくさんいるぞって」

ニックの言葉に、血の繋がらない皆は頷いた。

「そうだな。俺は本当に義兄になるのだから、もっと兄ぶっても問題ないよな」

父親代わりは行きすぎだが、兄として振る舞う分には何も問題ない。自称兄が何人も出てきそうだが、兄なら何人いても大丈夫だから、遠縁の自称兄もジェラルドが喜ぶなら問題ない。そして弟が可愛いのは世界共通だから、エレオノーラによく似た幼児が可愛くて仕方ないことを隠す必要はないのだ。

二人に息子ができた時の練習にもなるし、子育ての練習はやって損はない。

「殿下ははっちゃけないでくださいよ。兄っていっても義理なんですから」

「そうです。エラさんに似てるからって、父親の気分とかに浸るのもなしですよ」

「するか。俺は理知的な兄だからな。ウィルは本当に余計だ」

ウィルは幼なじみなだけあって、レオンがちらりと考えた瞬間にそれを指摘してくるから恐ろしい。

「立派で格好よくて憧れるお兄さんになりたいって思うのは、至極当然のことだろう。義理の弟に嫌われたら悲しすぎる」

子どもに見栄を張りたいことも、婚約者との将来を夢見ることも、おかしなことではない。

ちらりと空を見ると、塔の上からエレオノーラが子ども達の様子を見ていた。ほんのわずかに唇が笑みを作っている。そのわずかな動きでも不思議と慈愛を感じる。彼女が優しく見えるのは、たまにそんなふうに笑うからだ。市民もそれを見ているから、彼女を慈愛に溢れた女性だと思っている。

事実は少し違うが、優しい人だというのは間違いない。

「あ、エラ様だ」

「エラさまー」

「ね、姉さまー」

子ども達も気づいて手を振ると、ジェラルドも勇気を出して姉に呼びかけた。

「ううっ、ジェリーがあんなに声を張り上げてっ」

「大きく手を振ってる。子どもっぽい！」

エレオノーラと距離があるから見えやすいよう大きく手を振っているだけなのに、一緒に旅をしてきた彼の同郷の男達は感涙した。エレオノーラに呆れ半分、そこまでかという驚き半分といった雰囲気で見られていることに彼らは気づいていない。

「やはり同年代の友人は大切だな。友人を兼ねた従者でも用意できればいいんだが」

「友情は、それっぽい人間を用意しても育まれるかどうかは分かりませんから、考えておく程度でいいのでは？　遠方に住んでいる友人との手紙のやりとりもいいものですよ」

「確かに」

できれば本当に心許せる相手になって欲しいが、そういう相手は相性がある。よさげな人材がいれば、目をつけておく程度でいいだろう。

「今必要なのは子どもらしさを覚えること。世間を知ることだな」

友人ができても、それを従者にする必要はない。上下関係ができると崩壊する友情もある。

「世間と言ったら、鉱山に行く予定があるって聞きました。道中話したら興味を持っていたから、ジェリーも連れていってやってくださいよ」

ジェラルドのことで忘れていたが、魔術師達に仲介を頼まれていたのを思い出す。エレオノーラの魔力抜きをしてから、鉱山に向かう予定で一部の魔術師達は先に出発している。

「もちろんそのつもりだ。来客に見せる用の坑道があるらしいし、子どもは喜びそうだな」

オルブラよりも特色がある場所だから、楽しんでくれるに違いない。

エレオノーラの身体が整うまで、あと一時間ほど。最初の遊びを終えるには、ちょうどいいぐらいの時間だ。

「レオン様、鉱山はどこですか？　街と緑の山しかありませんでした」

　窓にかぶりつくように馬車の外を見ていたジェラルドは、馬車が城壁に囲まれた市内に入ってしまったので、振り返って問う。

「どんな本を読んだのか知らないが、鉱山っていってもはげ山ばかりじゃない。魔鉱石の鉱山はできるだけ自然には手を入れないんだ。ここは鉱山で働く人が住んでいるドゥルスという都市で、道が狭いのに地植えの草木や鉢植えが多いだろう。ドゥルス市民は自然が自分達に恵みをもたらすと知っているんだ」

　ジェラルドと反対の窓側に座るレオンは子どもらしい問いかけに、迷いなく答えた。

　先ほど市内に入るための検問所の荷馬車の列について質問された時は、オルブラは魔術師が協力しているから調べるのが早いが、ここには検問に協力する魔術師がいないから列が進みにくいと答えていた。

　自分達の馬車がその列を抜かして市内に入った時も、どうして並ばないのか聞かれ、エレオノーラは領主なので調べるように命令をしている側だから、並んで列を延ばすと他の者に迷惑だ、と答えていた。

あれだけ大人しかったのに、急になぜなぜ期に入ったのは、レオンが何でも答えてくれて気を許したからだ。質問を受けるレオンは懐かれて純粋に嬉しそうだから、複雑な思いはあったがそっとしておいた。姉よりレオンを頼るのは悔しいが、質問には答えられないのでジェラルドの判断は正しい。

「ジェリーは知的好奇心が旺盛だな。鉱山に興味があるのか？」

ジェラルドはこくりと頷いた。

「オルブラのみんなに、倉庫街や鉱山は楽しいらしいから、今はどんなふうか見てきてってお願いされました。途中に寄った倉庫街も聞いた通り楽しくて、姉さまがすごく好きそうでした。色々ありすぎて、母さまのおみやげは決まらなかったけど」

女達への土産は見た目で選んだ方がいいため、倉庫街で買ったそれなりの品がいいだろうと何店か見て回ったのだが、姉への土産はすぐに決まったのに母への土産が決まらなかった。

「オルブラで遊んだみんなは鉱山に来たことがないの？」

「お兄さんたちはあるけど、ちいさな子はないそうです」

「……そうね。小さな子はオルブラから出られなかったんでしょうね」

結界で守られていたとはいえすべての敵の侵入を禁じるような結界ではないから、少人数で軽装なら入れたらしい。『神の目』と呼ばれる装置で監視していたので侵入者はすぐに発見できたのだが、それでもよほどのことがなければ、子どもを連れて鉱山へ行くようなことはなかったはずだ。鉱山が狙われて戦争をしていたのだから。

「じゃあ、よく観察してみんなに報告しないとね。きっと親戚やお友達もいるでしょうし、ドゥルス市の人達にも、困っていることはないか聞いてみましょう」

「はい」

これで自然に他人に声を掛けられるきっかけができた。オルブラの子ども達はジェラルドがあまり感情を表に出さないことを気にしなかったが、ドゥルスの子ども達がどうなのかはわからない。それも大人が上手く間に入ればどうにかなる。

「レオンさま、オルブラよりも武器を持っている人が多いです」

武器を持っている人と聞いてジェラルドの頭越しに外を見ると、確かにオルブラよりも警備兵が多かった。

「ああ。ここは優れた職人や高価な鉱物が山ほどあるから、人さらいや泥棒が入らないように警備を多くしてるんだ。列ができるほどよそから人が来るからな。商店街はそういう人が食事に来るから余計多く感じるんだろう」

「ひとさらい？」

「技術は金で買えないことが多い。オルブラの魔術師達も狙われるが、彼らは強いから自衛できるけど、職人達は彼らほど強くはないだろう」

「魔術師は、姉さまが塔にいたとき見に来ていた人達ですよね？　強いんですか？」

「簡単な魔術なら咄嗟に使えるから誘拐は難しい」

　オルブラの魔術師は信仰系の魔術師達だから、身を守る魔術は不要だと身につけていなかった者もいたらしいが、今は考えを改めて身を守れるようになっている。彼らは有名になってしまったため、誘拐されて知識を悪用されるのを恐れているのだ。

「俺もクロードに魔術を習って、何度も助けられたんだ。ジェラルドもそろそろ基礎の基礎ぐらいは習い始めてもいい頃合いだろうな」

「ほんとうですか？　母さまはまだ早いって」

「基礎は早い方がいいんだ。しかも優秀な研究者寄りの魔術師に基礎を習った方が、武人に習うよりも安全だ。オルブラに帰ったら、教えてくれそうな人を探してみようか」

　ジェラルドはじっとレオンを見つめた。これが彼なりの喜びの表現なのかもしれない。

　友人のジュナは赤ん坊の頃に事故防止のためにボヤ騒ぎを起こしたことがあるらしいと言っていた。才能がありすぎる場合は、早い方がいいというのは間違いない。

「もちろん言うことをよく聞いて、一人で使わない、危ないことをしないと誓えるなら、だがな。好奇心や友人にせがまれて披露したら失敗して火事を起こした、なんてことになったら謝って済む問題ではないから」

「危ないことはしません。母さまが泣いてしまいます」

母は擦り傷一つで大げさに騒ぐ人だった。彼女の騒ぎ方を見ると、とんでもないことをしてしまったような気になって、落ち込んだものだ。

女の子だから傷跡が残るのを心配したのだと思っていたが、男の子でも同じようだ。

「魔術で怪我をすることなんて教師が付いていれば滅多にないけど、剣術の訓練を初めた時に怪我をして帰ってきたらどうなるのかしら？　おじさま方は大丈夫かしら」

「それは……不安だな。それもこちらで引き受けるか」

「……帰る時に怪我を綺麗に治して送り出すぐらいの方が、平和かもしれません」

母が大げさに心配するのをよく知っているジェラルドも頷いた。自分の置かれた環境が少し特殊なのは理解しているようだ。

「あ、エラ。見ろ、君の屋敷が見えてきたぞ」

「わたしの屋敷……ですか」

「当然だろう。オルブラ伯のすべては君が継承したんだ」

領主館を自分の屋敷だと認識するのは慣れてきたが、初めて来た場所にも家があるというのは戸惑いがあった。

「とはいっても、ここの屋敷は特殊なんだがな」

「特殊？」

「見た方が分かりやすいから、止まってから説明するよ」

レオンが言うと、馬車の速度が落ちてきた。完全に停車すると公園の前についた。

「え、公園？」

どう見ても公園だ。敷地を囲うように樹木や草花が植えられており、中央には水場や遊具があり、子どもが遊んでいる。よく手入れされた公園である。

公園の施設の一つかのような雰囲気で、公園の奥に古びた屋敷が佇んでいた。

「庭なんかにしておくなら、子ども達の遊び場にしてしまえと、いうことらしい」

「なるほど……合理的ですね」

レオンが特殊だと言った理由を理解した。エレオノーラを跡取りにしてしまう一族らしい選択だ。

「あ、領主様の馬車だ！　ヴァレルさん、領主様が来たよ！」

「見れば分かるよ」

子ども達に背を押され、ベンチに座っていた男がやってきた。背の高い三十代半ばほどの優男。鉱山の組合長だ。

人々が待ち構える前で、エレオノーラはレオンに手を貸してもらい馬車を降りた。ジェラルドは騎士に抱き上げられて降ろしてもらった。

「ドゥルスへようこそ、エレオノーラ様。お待ちしておりました」

「歓迎ありがとう。こちらはとてもステキな公園ね。子ども達も元気そうで嬉しいわ。オルブラの子ども達がドゥルスの様子を気にしていたから、この様子を知れば皆も喜ぶでしょうね」

公園がちゃんと手入れされていて、子ども達が遊んでいるのは上手くいっている証である。

「お気に召していただけて光栄です。レオン殿下もご足労いただきありがとうございます」

「こちらこそ魔術師達を迎えてくれて感謝する。彼らはどこに？」

「先に到着された魔術師の皆様は、屋敷内で準備中です」

「そうか。では彼らへの挨拶は後にして、先に屋敷の中を見せてもらっていいか。いきなり会いに行っては彼らも困るだろうし、エラの護衛として建物の造りを把握しておきたい」

ヴァレルは目を伏せて頷く。そして、ジェラルドに視線を向けた。

「こちらのお方がエレオノーラ様の弟君ですね。キリッとしたお顔立ちがお父上そっくりだ」

「ああ。ジェラルドだ。しばらく預かることになったから、社会勉強に連れてきた。せっかく公園があるから、遊ばせてもいいか？　あまりこういう場所で外遊びをしたことがないから、遊びを教えてくれる子がいたら嬉しいのだが」

「もちろんです。むしろ彼らをこのまま遊ばせてもいいのか問わねばならないのはこちらでしたのに、お気遣いありがとうございます。皆も喜びます」

言われて、ここがエレオノーラの土地だと思い出す。子ども達は領主が許しているから公園で遊べているが、もし跡取りが狭量なら彼らは遊べなくなってしまうのだ。

「どうぞ、これからも今までのように使ってください。子どもの楽しそうな声は好きだから、遠慮なさらないで」

　普通なら雑音を嫌いそうな魔術師達が屋敷内にいるが、彼らは子どもの声に慣れているし、集中すると他人の声が聞こえなくなるから問題ない。

　エレオノーラが練習した笑みを浮かべると、近くに居た子ども達はほっとした様子で互いに笑い合う。最近、客人に向かって微笑むと怯えられるばかりだったから嬉しい反応だ。

「さあ、まずは荷物を運び――」

「おお、領主様！」

　エレオノーラの声を遮るように、野太い声が聞こえた。

「その凛とした眼差し、お父君にそっくりだ。自分はこの街で職人をとりまとめて――」

「なんとお美しい！　噂以上の華やかさ！」

「領主様が、俺の加工した魔宝石を身につけてくださっている！」

　続々と野太い声の男達が集まり、同時に声を掛けてくる。声がかぶって誰が何を言っているか分からない。

「うるさいぞ。エレオノーラ様が驚いているだろう、一度に話すな！　子ども達が大人しくしているのに、大人として恥ずかしくないのか!?」

「これを渡すだけじゃ」

「そうだ。領主様がいらっしゃると聞いて、用意しておいたんだぞ」

「俺は俺の作品を美女が身につけてくれているのが嬉しくて礼を言いたいだけだ」

ヴァレルが一喝するが、次々集まってきて収拾が付かない。

「ええっと……順番だ！　ひとまず並べ！」

レオンが声を張り上げると、彼らは顔を見合わせて我先にと並び始めた。

どうしてこんなことになっているかよく分からなかったが、屋敷の案内の前に彼らの話を聞かなければならないことだけはわかった。

「ジェリー、わたしは少し忙しくなりそうだし、せっかくだから公園で遊んでいらしゃい。あ、お土産のお菓子を食べるときは、分け合って、手を洗ってからよ」

「は、はい」

一緒に囲まれたジェラルドは、人々の熱意に面食らってこくこくと頷いた。

聞こえた単語から、彼らの多くが職人なのはわかった。

(着いて早々仕事なんて、ついてないわ。歓迎してくれるのは嬉しいんだけど……)

彼らはいかにも職人で、誇らしげだったり、悔しげだったりする。誰の作品を身につけているると争いになりかねない雰囲気があって若干面倒くさい。

「ニックお兄様。ジェリーをお願いできるかしら」

「はいよ。何人か借りるぜ」

ニックに頼むと、子ども達に見送られて、商談に使うという応接室に向かった。

騎士達がジェラルドの護衛を誰にするかでもめていたが、退屈な仕事の話よりも、子どもと遊ぶ方が楽しいのだから仕方ない。


夕食後、談話室に移動してソファに座ると、ジェラルドはこくりこくりと船をこぎ出した。エレオノーラはジェラルドが倒れないようそっと肩を抱いた。

「遊び疲れたのね。なんだかわたしも疲れたわ」

エレオノーラが身につけている魔宝石を研磨したのは自分だとか、加工したのは自分だとかいう職人達の相手をするのは楽しくはあるが、疲れた。毎日違うものを身につけているから、明日は別のものをつけると説明しなければ、禍根を残していたかもしれない。

ジェラルドは先日よりも長く激しく遊んで疲れていた。前回と違い遊具を使った遊びを教わったらしい。子ども達は住んでいるところの差だと思って、親切に使い方を教えてくれた。鳥を飛ばすよりも運動量が多く、楽しんで欲しいと張り切る子ども達に振り回されたようだ。

女の子達が黄色い悲鳴を上げていたという、余計な報告も受けた。

ジェラルドにとっては楽しい時間だったようで、夕食時も少しぼーっとしていた。しかしそれでもちゃんと遊び慣れていないのを配慮してくれていたらしい。そういう子ども達を知った後で、地元の子ども達と交流を持ったらびっくりしてしまうだろう。蛇を振り回したり、虫を持って女の子を追いかけ回すのは普通ではないと理解して、それを叱って他の遊びを提案できるまでに成長すれば地元の子ども達との交流は容易だろう。

「今日来た人達で、主立った人には挨拶できたんでしょうか」

「残念ながら重要な人物は遠慮して帰りました。最初に会った人物は技術者の代表だったのですが、さすがに空気を読んで後で来ると。その他の者達は美しい領主様と握手をして、自分の作品を見ていただき、あわよくば身につけていただきたがっていたのでしょう。職人は自分の作品を自分が目を掛けた方に身につけてもらえることを一番の喜びとしていますから」

ヴァレルの言葉に、エレオノーラはため息をついた。

「ただの遠い親族の小娘がいきなり領主になったのに、嫌われていないようで安心したわ」

オルブラにはいなかったが、女が地位を持っているのは生意気だと思う男は多い。

「エレオノーラ様を嫌う者がいたら叩きのめされますよ。守りの塔の天幕を見上げるたび不安が薄れました。子ども達も毎日見上げて幕があることに安心していました。あれがなくなってしばらくは、本当に大丈夫なのか心配していましたからね」

オルブラの市民と同じだった。

「オルブラのみんなも言ってました」

眠っていなかったジェラルドが目をこすりながら言った。

「空の幕がないと不安になるけど、それでも姉さまがいるから安心だって」

「そうだったのね。これからも安心して暮らせるように頑張らないといけないわね」

エレオノーラは苦笑し、レオンもジェラルドの隣に座って彼の頭を撫でた。

「ジェリー、今日は疲れたか？」

「疲れてません。遊んでいただけだから」

彼は疲れているのがよくないかのように首を横に振る。

「子どもは遊んで疲れて食べて寝て大きくなるんだ。動いて疲れるのはいいことだぞ」

すると目を泳がせてから、じっとレオンを見上げた。

「つかれて、ねむいと、もっと大きくなれますか？」

「なんだ。もっと大きくなりたいのか？　クロードもエラも背が高いから、二人に似ているジェリーもきっと大きくなれるさ」

一家で一番小柄な母ですら平均よりは少し背が高く、ジェラルドが小柄に育つ可能性の方が低い。中身もまっすぐ育てば女の子に囲まれることになるに違いない。きつそうと言われる顔も、騎士ならばむしろ迫力が出てちょうどいい。

ジェラルドは疲れることを肯定され、小さく頷いた。

「ほんとうは、ちょっとつかれました」

まだ背伸びをしているが、それが子どもらしくて可愛らしい。レオンはよそ行きではない笑みを浮かべて、彼の頭をくしゃくしゃにした。

書類仕事から離れて久々の遠出でもあるせいか、彼はとても機嫌がいい。そしてちらりとエレオノーラに横目を向ける。

「あ……そういえばすっかり忘れていたが、先に来ていた魔術師連中は姿を見せなかったな」

仮にも出資者が来たのに挨拶に来ないのは、彼らなりの事情があるはずだ。友人であるジュナもいるのだから、わざと顔を見せないということはない。

「うーん……人が集まっていたから声をかけづらかったんでしょうね。後で顔を出すつもりで戻って、そのまま作業に没頭していたとかじゃないですか？」

「さすがはエレオノーラ様。彼らのことをよくご存じでいらっしゃる。食べやすいものは用意したのですが、飲食を忘れるほど集中されています」

ヴァレルの肯定を聞き、レオンはジェラルドを抱き上げた。

「じゃあ話は明日にしよう。彼らの準備ができなければ見本を見せることもできないしな」

新しく作ったものを設置する許可を取るために見本を見せるのだ。わけの分からない装置を勝手に置かれても不安だろうから、話し合いの場を設けるためにこうして足を運んだのだ。

「俺達も休むか。こんなに早く休むのは久しぶ――」

レオンが突然言葉を切って開け放たれた窓の外を見た。エレオノーラは分からなかったが、彼が眉間にしわを寄せているから外に何かを感じたのだ。

その瞬間――。

カランカランカラン！

耳を塞ぎたくなるような鐘の音が聞こえた。窓の外ではなく、屋敷の中からだ。

「なんだ？」

「ぅるさーい」

うとうとしていたジェラルドがまた起き出し、レオンの腕の中で目をこすりながら音がする方を睨んだ。彼は喜びを表現するより、不快を表現する方が得意なようだ。

「これは鉱山への侵入者を知らせる鐘です。鉱山周辺と連動して知らせを受けられるようになっているだけで、ここは安全ですのでご安心ください」

「そ、そうか。そんな仕組みがあったんだな。狙われていたのだから、対策をしていないはずがないか」

「はい。鳴子のようなとても簡単なものですが、夜だと案外効果的です」

ヴァレルが言葉を続けようとした瞬間、ドアが外から開かれた。

「この音なんですかうるさいんですけどっ」

知った顔の女が現れた。長い栗色の髪を無理やり一つにまとめた、人前に出るにはひどい格好をした眼鏡の若い女だ。

「ジュナじゃない。ようやく我に返れたのね」

友人であり、オルブラが支援している魔術師の研究者の一人であるジュナだ。

「あら、エラ様、もう来てたの」

「報告が行ってるはずだけど聞いてなかったの？」

「あ、よく聞いてなかったかも……ごめんなさい。そ、それより、この音！　あたし達のいた部屋のすぐそばですするから、うるさくてたまんないわ」

この部屋では少しうるさい程度だが、熱中する魔術師の意識を戻すほどの音だったようだ。

「殿下、ご無事でっ」

「レオン様、なんですかこの音っ」

ジュナだけでなく、巡回していた騎士達もやってきた。

「鉱山付近の侵入者の合図なので、すぐ止まります……ほら」

騒ぐうちに音が止まり、皆も落ち着いた。

「休んでいる者達が駆けつけてきそうだから、大丈夫だと止めてこい。いや、念のために鉱山へ様子を見に行くか。何人かに声を掛けてくれ」

「はい。自分達が行くんで、レオン様はエレオノーラ様のお側にいてくださいね」

一人が自分達に与えられた宿舎に向かい、残りは念のために周囲に警戒を向けている。騒ぎを起こして何でもなかったとなれば油断してしまいそうなところ、彼らは警戒を緩めない。

「お騒がせしました。結界がなくなってから侵入者が増えて、よく鳴るんです。おそらく隠し鉱山の入り口を探しているんでしょう。捕まえたいのですが、さすがに駆けつけた時にはいなくなっておりまして」

　音がした場所のおおよその方向は分かっても、そこからどう移動したかは分からないのだ。しかも今は夜で、通ってきた道をそのまま戻ればこれ以上の音を立てることがない。

「人が足りていないということはないんだな？」

「はい、潤沢とは言いがたいですが、今のところはなんとかなっています。戦が終わって人が余っていたので、信用できる者達を雇っています。捕まえられずとも、内部への侵入は許していません」

「さすがにこれだけ人が出入りするようになると、囲っているわけではない山に入られるのは防げないか……夜の山道を進もうとはよくやるな。けっこう険しいし、野生動物も多いのに」

　命をかけてまで盗もうというのが理解できなかった。加工した後の、価値が高まった状態の商品を万引きする方が楽なはずだ。

「それだけ、封印してある高純度の素材が欲しいのでしょう」

「封印……」

　ジェラルドは好奇心が刺激されたようで、じっとヴァレルを見つめた。子どもがわくわくする言葉に、彼はちゃんと心が弾むのだ。

「重要度の高い鉱物がある場所は徹底的に隠しているのですよ。ガエラスが攻め込んできた原因とも言える、外に出すと危険な使い方をされかねない強い力を持つ魔鉱石は封印してあるんです。エレオノーラ様にお贈りしたものは、その中では力が弱く危険の少ない素材です」

彼らが初めてエレオノーラの前に姿を見せた時に鋳塊をもらい、その後もエレオノーラが遠出できるように魔力を吸い出してくれる装飾品型の魔導具をもらったのだ。今も胸元やベルトにそれらをさりげなく身につけている。エレオノーラ以外が長く持っていると倒れるだけで、戦争に使われた兵器に比べれば危険性は少ない。

「あれで危険が少ないとは……狙われて当然か。どこの勢力か知らないが、迷惑な話だな。戦争が終わって警戒が薄くなっていると思っているのか？　いや、確かになってはいるが」

レオンは頭が痛そうにこめかみを押さえてため息をつく。レオンを悩ませる悪党は、なかなか滅びてはくれないらしい。

「最近は知識を持っている人間も狙われるようになりまして、市内の警備も物々しくなっています。しかしエレオノーラ様に塔に戻っていただくほどの事態ではありません。対策が面倒くさいだけですから」

真面目な顔で、しかし面倒くさそうなのを隠しもせずにヴァレルは言う。まだ若いのにしっかりしていると思っていたが、こうして日々苦労をしているからこその落ち着きのようだ。

「なるほど。それで楽になるよう、うちの魔術師達の力を借りる方向で話を進めたのか」

「はい。オルブラの魔術師達がまた新しい発想で塔に代わるものを開発中で、実験できる魔力の多い土地を探していると聞きまして。彼らなら素材を預けても兵器を作ったりはしません……邪悪な兵器は作りませんし、盗みなんて大罪は犯しませんからね」

　先日、エレオノーラがいる塔に爆発物が投げ込まれた時に『神の怒り』という魔術を再現した兵器を発動させたのを、住民達はみんな知っているから、兵器を作っていたのは誤魔化しようがない。善良な人々には害のない兵器を塔に組み込んでいたのを、レオンすら発動させるまで知らなかったのだから、ちゃんと見張っていないと不安が残りそうだ。

「そうね。地元民のあたしらだからいいけど、赤の他人だったら土地の魔力を根こそぎ奪われかねないから、絶対にやめた方がいいわ」

　ジュナが怖いことを言った。

「なくなるものなの？」

「当然でしょう。自然にわいてくるからって、外に溢れた分の魔力を利用しすぎると土地の魔力は枯れるのよ。あたし達はそれが絶対にないよう慎重に慎重を重ねた設計にしてるの。それでも普通の土地じゃ実験も無理な程度の魔力は使うけど」

　ジュナ達が作り出した『守りの塔』は効率を重視して、人間の信仰による魔力を利用した装置だ。魔術の素人の魔力でも広範囲を結界で覆うことができ、兵器による攻撃や進軍――人々を傷つけるものの侵入を防いだのだ。

　このような大きな魔術は熟練の魔術師が何十人も集まって、短期間だけ行うものであり、魔術師を消耗させずに長期間運用できることが画期的だったようだ。しかし想定していた『長期間』というのは、長くても数ヶ月であったのに、王から常時発動を命じられてしまい苦しむことになったのだ。

魔術師達の魔力を枯渇させるわけにはいかないから魔力が高く神に祈ることを知っている罪人を使ったのだが、じっと座っているだけでいい仕事を嫌がり、過酷な労働に戻りたいと言い出すほど、魔力を過剰に使うのは肉体に苦痛を伴うものだった。しかも入れ替えが頻繁になるほど魔力の効率は落ちてしまうため、苦しいからと外に出してやると結界を維持し続けるのが難しかった。

エレオノーラが感謝されているのは、そんな苦役扱いの役目を一人で罪悪感を抱かない形で引き受けたからである。

おかげで国内最高の魔力量ということになっている。魔力を発散させる才能――つまり魔術の才能がない人間が持つには、無駄な才能である。幼い頃から自覚はしていたが、それを『豚に真珠』と言った連中のことは一生忘れることはできない。もしも現在それを口にしたら、レオンがこっそり報復しそうな気がするから言わないが。

「今現在困ってるなら、装置の説明だけじゃなくて装置を仮置きして実際に動かしてみますか？」

ジュナは腰に手を当てて気軽に言う。するとレオンが目を丸くして問う。

「え、もう実働できるのか？」

「よそなら無理ですけど、ここ、塔の範囲内だから塔に繋げて一部機能を使えるんですよ。繋げる調整が大変なんですけど、気が滅入るだけで、数日もあれば侵入者の居場所が分かりやすくできますよ。本部から材料が明日にも届くんで、それがあれば大丈夫です。足りなそうなものも今から言えば追加してもらえるでしょうし」

レオンの頬が引きつった。

「一部機能って……『目』の関係か？」

目とは『神の目』という塔の隠し機能で、結界内を俯瞰することができる上、建物内に生物がいるかどうかも検知できる。レオンにとっては世に知られたくない機能らしい。あまりに権力者に都合がよすぎて、外に漏れるのを恐れているのだ。

「塔の仕組みを理解している魔術師が動かさなきゃ、逃げた先々で警報を鳴らして追いやすくしたり、普通の捕縛用の罠を発動させる程度のことしかできません」

「…………」

レオンは疑わしげにジュナを見る。

「大丈夫ですよ。レオン様の危惧は理解していますから」

「……本当かぁ？」

「魔力を持たない人が、専門家がいなくても動かせる程度の簡単なものでないと、修理も難しくなるんで」

「確かに……それを理解しているなら……」

レオンは守りの塔を作り出した魔術師達を、とんでもなく厄介な連中だと思っているらしく、作り出すものに対する警戒は未だに解けていない。彼らが信仰系の魔術の使い手で、善良でなければこれほど簡単に許していなかっただろう。

彼らは純粋な善意でとんでもないものを作るから目を離したらいけないと思っているのだ。

「こちらがエラ様の弟さん？　姉によく似てるわね」

ジュナは父の血が色濃く出ている姉弟を見て目を丸くした。そんな彼女にジェラルドを抱き上げているレオンが自慢げに笑う。

「ジェラルドだ。可愛いだろう」

「………………」

ジュナは自慢げなレオンに、胡散臭そうな視線を向けた。

「……ん、なんだ？」

「いえ……上機嫌でエラ様そっくりの子どもを抱き上げている姿を見ると」

指摘を受けると、レオンは気まずげに視線をそらす。

「幼い義弟を可愛がるのは当然だろう」

「まあ、そうなんですけどねえ……まあ、害はないからいいんですけど」

「害はないとは何なんだ」

　ジュナは肩をすくめ、あくびをする。

「では、みんなびくびくしてそうなんで、方針変更の可能性を伝えてきます」

「ああ。あと、無理をせず寝て食べるんだぞ。疲労と睡眠不足は作業効率を落とすだけだ」

「はい。どうせ材料が足りないから、応援が来るまで休んでますよ」

　そう言うと、ジュナは疲れた顔を隠さず出ていき、仲間に向かって呼びかける。

「相変わらず自由な方々ですね」

　ヴァレルが彼女の背中を見送り、声が聞こえなくなった頃に呟いた。

「そうだな。あれで根がいい人達だから戸惑う」

「そうですね。いかにも邪悪な研究をしてそうなのに」

　オルブラでは思っていても誰も言わないことを言う。

「やはり、そう見えるよな」

「エレオノーラ様の評判のおかげで、勘違いされることはないでしょうが。エレオノーラ様は能力以上に人柄のよさで有名ですから」

　塔の中に引きこもっていただけなのに、高潔な騎士の意志を継いだ高潔な娘だと、国内外でのエレオノーラの評判はいいらしい。軍神の加護を受けていると言われた伝説的な騎士の子孫というのもあって、民を大切にするだろうと言われている。

「……私の評判で、ジュナ達が悪く見られなくなるなら、いいんだけど」

人から聞いた自分に関する信じられない噂も、役に立っているなら目をつぶるしかない。悪評が流れるよりはよほどいい。堅苦しそうな見た目のおかげで、深く関わらなければガッカリされることもない。

「下手を打って悪評を広めないよう、日頃の行いにだけは気をつけなきゃいけないわね」

評判のよさだけが、エレオノーラの役立てる力なのだから。

◇◆◇◆◇◆◇◆◇

朝、エレオノーラは見知らぬ部屋で目覚め、自分がオルブラの外に泊まったのだと思い出す。

「オルブラからこんなに離れるのも久しぶりなのね……」

塔から離れた時よりも、離れたという感覚が大きかった。

「ジェリーはどうしてるかしら？」

幼い弟は知らない部屋で戸惑わないか気になった。しかしオルブラまでの旅で、慣れてしまっているだろうと思い出し、心配するのをやめた。

そっとベッドを抜け出して、使用人が来る前に着替える。屋敷を維持管理している女性がいるのだが、彼女はエレオノーラの世話をする気だった。エレオノーラが何もしなければ、その世話は着替えから何から何までが範囲になるだろう。しかしこうしてさっさと着替えてしまえば、食事と周囲のちょっとした手伝いに狭まるのだ。やってもらうのも嫌なわけではないが、自分でやるのは気楽でいい。自分の腕では夜会に行けるほどの身支度は無理だが、領主としての体裁が保てないほどひどくはない。

身支度を終えると部屋を出る。向かうのは隣の部屋、ジェラルドの部屋だ。

「ジェリー、起きている？」

寝ているかもしれないから控えめな声で問いかけ、軽くノックする。

「しっ、ジェリーは寝ているよ」

部屋の中からレオンの声が聞こえた。

昨夜はレオンにジェラルドを任せ、エレオノーラの部屋の前で分かれた。

「まさか、あのまま一緒に？」

「知らない場所で眠るのが不安なのは当然だからな」

ジェラルドがわがままを言って一緒に寝てもらったらしい。本人は口にしなくても、寂しいと雰囲気で語ってしまったのだろう。

「ちょっと待ってくれ。すぐに開ける」

ごそりごそりとゆっくりとした衣擦れ(きぬず)の音の後、足音もなくドアが開いた。昨夜の服装のままのレオンは、寝起きなのに寝癖もなく、いつものように輝かんばかりの貴公子ぶりだ。

彼はいつもエレオノーラには完璧に整えた姿で現れる。彼をよく知る騎士達が言うには、エレオノーラの前では格好つけていたいだけらしい。しかし格好つけてなくても彼は十分完璧だ。せいぜい服にしわがある程度で、寝起きですら整っているのだから。

エレオノーラは恭しく部屋に招き入れられた。ジェラルドはまっすぐ上を向いて寝ていた。横を向いて寝ることが多いエレオノーラは、自分との違いを見つけてくすりと笑う。

笑っていると、隣に立つレオンがエレオノーラのもみあげあたりの髪を払った。

「エラ、おはよう」

こめかみ辺りにキスをされる。朝の挨拶はオルブラを離れても継続するようだ。

そしてレオンは目を伏せて、さあさあとばかりに身をかがめる。

人前では嫌がると知っているから求めないが、二人きりだと彼はこうする。

「おはようございます」

恥ずかしがっているのを抑え込み、なんでもないように差し出された頬にキスをする。

いつまでも挨拶一つで戸惑うほど無邪気ではないのだ。何でもないようにさらりと挨拶するのが、世間が思うエレオノーラだ。心臓が騒がしいのは、隠すことができるので問題ない。

そんな心の中の言い訳が聞こえているわけでもないのに、レオンは訳知り顔で微笑んだ。

「……おはようございますぅ、エラねーさま」

ほわほわした寝ぼけ声に、エレオノーラの肩が跳ね上がった。

肩が戻ると同時にベッドを見ると、のそりと起き上がる弟の姿が見えた。

(見られていたかしら？　見られても後ろめたくはないからいいけど、気まずいわ)

気まずかったので、エレオノーラは微笑んだ。

「お……おはよう、ジェリー。今日はとてもいい朝よ」

エレオノーラはベッドに近づき、起き上がった弟の額にキスをした。するとジェラルドは目を見開き、少し恥ずかしそうにしながらエレオノーラの頬にキスをした。

「よくはれていて、本当にいい朝ですね」

ジェラルドはベッドから下りて、レオンの前に立った。するとレオンもしゃがんで彼の額にキスをする。

「おはよう、ジェリー。今日はよく歩くぞ」

「おはようございます。すごくたのしみです」

レオンは彼の頭を撫でて、乱れた髪を整える。心臓が騒がしいエレオノーラと違い、彼は余裕があるように見えた。

「よく眠れたようで何よりだ。エラもよく眠れたかい？」

「……はい。レオン様も、ちゃんと休めたようで安心しました」

レオンの顔色はよく、弟の寝相は悪くないようだ。

「ジェリーもよく寝たようね。一緒に寝てくれたレオン様にお礼を言わなきゃ」

「あっ」

エレオノーラが促すと、彼は恥ずかしそうにうつむき、小さく頭を下げた。

「あ、ありがとうございます。一緒に寝てくれて嬉しかったです」

眠くてつい甘えてしまったのだろう。眠気がなくなって、恥ずかしくなってしまったようだ。

「俺もジェリーと一緒に寝られて嬉しかったよ。実の兄とはあまり縁がなかったから、未来の弟に甘えられると嬉しいんだ」

心の底からの本音だろう。一緒に寝る流れになった時、彼はさぞ喜んだに違いない。エレオノーラに対する時のように、爽やかな笑顔で甘やかしたのが脳裏に浮かぶ。

彼はこのクロード似の顔が大好きなのだ。もちろん母親似だとしても可愛がっていただろうが、愛情は多少減っていたかもしれない。

「ありがとうございます、レオンさま」

「どうせなら、ニックみたいに兄様と呼んでもいいんだぞ。どうせ近いうちにそうなるんだ」

「はい、レオン兄さま」

素直なジェラルドに、余裕の態度だったレオンは感極まったように口元を手で覆った。

(他の人がいなくてよかったわ。それとも、他の人がわたしとのやりとりを見るとこう見えたりするのかしら?)

自分の抱いた感想が、他人から聞いたレオンが自分に向ける感想とよく似ていて、我が身を振り返る。

普段の彼は完璧だから、当事者になると分からないものなのかもしれない。

「いい子だ。今日はずっと楽しみにしていた鉱山を見に行くぞ」

「はい。たのしみです」

「顔を洗って、着替えようか。着替えは」

「着替えはクローゼットの中に移したとウィルさんから聞いています」

エレオノーラはクローゼットを開いて、汚れてもよさそうな服を取り出した。

「そういえばあいつ、リーズ家の関係者でもないのに子守の方をしていたな」

レオンは自分の幼なじみで右腕である男を思い出して舌打ちした。

「そりゃあ、おじさま方に押しかけられているのを捌くより、子ども達を見守る方が楽しいですからね。彼の処理能力が必要なことでもありませんし」

凶器を隠していないか調べ、並ばせるだけだから優秀な彼の右腕でなくてもいい。

「まあ、確かに。たまには癒やしの仕事も必要か」

ジェラルドは理解しているのか判断が難しい無表情で見上げてきた。大人が何に癒やされるかなど、子どもには分からないだろう。

「大人はたまに童心に返ると、嫌なことを忘れられるのよ」

「そうなんだ……」

ジェラルドは理解できずとも、そういうものだと納得したようだ。


「ちょっと、横着しないで。あんまり揺らしちゃダメ。台座部分は慎重に扱って。穴があったら避けるか板を渡すか埋めて。本体も固定するまではそんなに強くないからね」

ジュナの元気な叱咤が飛び、荷車を押す騎士達は暑さとは別の理由の汗をかく。

オルブラから物資が届く前に、昨夜遅くまでかけて作った装置の設置だけは先にしておきたいということで、複数台に分けて運んでいる。それは鉄塔を分割したという見た目で、繊細だから気をつけろと言われても困る気持ちは理解できる。見た目に繊細な要素がないのだ。

「レオン兄さま、とても硬そうなのに、やわらかいんですか？」

ジェラルドは手を握ってくれている、右隣のレオンに問う。左隣にいるエレオノーラが日傘をさしているからとはいえ、手を繋ぐのも問いかけるのもレオンばかりである。涼しい顔をしていても、必死に山道を登っているから声を掛けられても困るが、悔しいのは仕方ない。

「いいや、普通に硬かった。しかしそんな繊細なものとなると、置く場所に困るな」

「万が一にも曲がって組み立てられなくなったら困るから、組み立てて保護するまでは落としたりしちゃダメってことです。大きな段差や石に乗り上げてひっくり返さなきゃいいんです。

でも強く言わないと、これぐらいはいいだろって手を抜くでしょ、若い子って」

　設置指導としてついてきたジュナは、自分と同じ年頃の騎士達に向かって中高年のようなことを言う。彼女も口は元気だが、汗だくで騎士達に手を引かれている。

　身体を鍛えていると、山道も暑さも大したことではなくなるようだ。

「ジュナさん、本当にこんなんで塔ができるの？」

「オルブラの塔だって、魔力を集めて広げるためだけのものだから作りは単純よ。背が高い方が効率がいいから塔の形をしてるけど、必要なのはほぼ地下に埋まってる部分と、部屋の中にあった吸収の石と天辺の放出の石と、それぞれの台座だけだもの」

「へえ、そうだったんだ」

　騎士達は塔の仕組みには今まで興味がなかったようで、自分達が運ぶ鉄塔をまじまじと見つめた。保護のために巻かれた布の下に、大切な部分がありそうだ。

「複雑な部分はオルブラの塔の力を借りるから、機密ってほどのものはないけど、この金属そのものが普通にここの魔鉱石だから」

「俺達が剣にして欲しい高級金属がこんなところに」

「それよりはずっと安いわよ。普通に輸出できる程度のものだから」

　ジュナの金銭感覚はエレオノーラに近いので、自分個人ではとても買えないが、防衛費としては安い値段だと推測できた。

「輸出できないって、前にエラに贈られたような上質なやつだろ？　そこまでのはさすがに求めてないし」

「理想は輸出できるギリギリぐらいのがいいけど、安いのでも嬉しいし」

彼らも武人だから、立派な武具があれば嬉しいようだ。

「ジェリー、ここの魔鉱石は低品質の金属だけでも争いが起きるほど価値があるから、良質なものほど売る相手を選んでいるんだ」

「塔は外におくんですよね？　ぬすまれませんか？」

賢いジェラルドは、塔を見つめて不安そうに問う。

「もちろん盗まれないように見張りはつけますよ」

と、答えたのは案内役のヴァレルだ。その他、彼の護衛達もいる。

「それにこれは仮置きだそうで、本格的に稼働させる時は、簡単に盗めないようがっつり固定しますから。オルブラの塔も白い外装は魔術で作ってるんですよ」

簡単には盗めなくしておけば、警報が鳴るようにしておくだけでも十分だ。現在の守りの塔も、直接見張っている者を常設したりはしていない。地下からの監視はいるが、それを知らない者が大半なのに盗まれそうになったことはない。

「それに、一番高価なのは、設置する石になるでしょうから。性質上、見た目の綺麗な魔宝石になるので、価値があるって分かりやすいんですよ」

あまり耳馴染みのない単語ばかりだったためか、ジェラルドは少し考える。

「まほうせき……塔の上の、虹の石！」

「そう、それだ。オルブラで一番価値のある財産だが、盗まれそうになったことはない。恐ろしい罠でも張ってあると思われているらしい。神の裁きなんてできる塔に手を出して、裁かれたくはないだろうからな」

エレオノーラが窓から外を見るのが好きだったために、窓には特に何もしていなかったほど無防備だった。最近は反省して防衛機能はつけたが、それでも鳥が迷い込んで死んでしまうようなものではない。

「あのお姉さんが、そんなものを作ったんですか？」

「ジュナの一族みんなの知恵を出し合って作ったんだ。魔術師と言っても、神聖魔法だから助け合い、皆のためになるようなものを作っているんだよ」

「すごいです」

ジェラルドはジュナに視線を向けた。無感動にも見えるが、尊敬の眼差しだ。子どもの純粋な視線に、向けられた本人は面映ゆそうに唇を引き結ぶ。

「あ、あそこ！　あのでかい木が生えてるあたり、平らになっててああいう所が理想」

ジュナは大きな木が生えている場所を指さした。

「ここですか？　木を切り倒すのに時間がかかりそうですね」

「木はできるだけそのままでいいわ。自然の食べ残しを分けてもらうような装置だからね。木に囲まれてた方が、見つかりにくくていいんじゃない？　あ、でも守りにくいか」

ヴァレルは意外そうにジュナを見る。

「木はあってもいいんですか？」

「邪魔にならなきゃ自然のものはあった方がいいですよ。ああいう大きな木がある場所は、魔力の流れがたまっている場所になってることが多いから、その恩恵にあずかれるんです。自然に溢れて流れていくような魔力だけで動くようにするつもりだけど、やっぱり条件はいい方がいいでしょ。この鉱山はむしろ魔力がないところを探す方が難しいけど、変なところに設置して、足りない分を無理に地下から引き込んでしまったら、長い目で見たら鉱山に悪影響だったなんてことになりかねないし」

「そのようなことがあるのですか？」

「可能性としては絶対ないとまでは言えないわ。魔力を吸い上げすぎて魔鉱石が取れなくなった場所もあるから、念には念を入れるんです」

環境の破壊は神の意に反する行いだから、最優先事項であるのは間違いない。破壊して手遅れになっては神の怒りを買うだろう。

「前はそれが難しくて人間の魔力に頼ったけど、エラ様のおかげでだいぶ改善したんです」

エレオノーラは自分が何かしただろうかと首をひねった。

「エレオノーラ様も研究に参加を？」

「まさか。エラ様のお身体の調整をしてる時に得た経験と、今も供給していただけている魔力のおかげです」

「…………」

ヴァレルはちらりとエレオノーラを見た。何をされているのだと、不安に思っているのだ。

「――まあ、わたし一人でできたことを、効率よく規模を絞ってやるということですし、設置して悪さをする心配はないと思います」

言葉そのままの意味で悪いことはしていないのだが、どう言ったところで人体実験味が薄まることはなさそうで、気まずくなり話を無理やり元に戻した。

「そんなことはないわ。自然が膨大な魔力を発するのは広大だからよ。この世で最も効率よく魔力を生成するのは、人間だって言われてるぐらいなんだから。念には念を入れないと」

しかしそれで流されるほど、彼女は空気が読める女ではなかった。少なくとも自分の研究に絡むと、彼らの頭から世間一般の常識が抜け落ちるのだ。

「こ、これ、足場を確保できる場所がなかったら、やっぱ木を切らなきゃいけないんだよな」

「あ、ああ、いや。仮設置だから、少し条件が悪くても見張りやすくて設置しやすい場所に置かせてもらった方がいいだろうな」

気まずさを察して、騎士達も話を元に戻す。

「それでしたら、ここと似た条件で、そのまま置けそうな場所に心当たりがあります」

「それはありがたい。そちらにしましょう」

汗をかきながら、誤魔化すように話を進める男達。

その様子をジェラルドはじっと見つめていた。大人が何を考えているかは、聞くほどの疑問ではない、もしくは聞いてはいけない雰囲気を察して黙っている。

必要以上に汗をかきながら、エレオノーラは轍が残る山道を登った。


ヴァレルが提案した場所は、監視塔からほど近い、道沿いにある平らな場所だった。周囲には木々があり、条件と見張りやすさが整っていた。

騎士達は素早く小さな塔を組み立てた。小さなとは言っても、周囲の木と変わらないぐらいの背丈はある。金属製の棒を四つ立てて、その間を金属で繋ぎ合わせ、上部に小さな台座があるのだ。ちゃんと設置すれば簡単に登れてしまうだろうが、今は固定していないので体重を掛ければ簡単に倒れてしまう。

「よし、魔力を込められるし、骨の設置は失敗しなかったわ」

ジュナが引っかかる言い方をし、騎士達の顔つきがこわばった。

「骨の設置はって、これだけではないの？」

「調整と、動作確認のために様子を見るの。本格的な稼働実験は石の設置が必要だけど」

「石を上にのせるなら、立てる前につけといた方がよかったんじゃ？」

「いえ、微調整には石がついてると塔に干渉されて分かりにくいのよ。しばらくは人力よ」

ジュナは腕を組んで頭を掻く。

「レオン様、塔を移動させたり、魔力が必要だから、何人か借りたいんだけど」

「わかった。力がある奴と魔力がある奴を貸そう」

「魔力はわたしが手伝うわよ。魔力を抜けるなら抜きたいし」

一昨日魔力を抜いたばかりで、魔力を抜くためだけの魔宝石を使った装身具を多数身につけているからまだしばらくは平気だが、それでも魔力を使えるなら使っておきたい。

「そうだな。その方がいいかもしれないな。じゃあ、必要なのは肉体労働だけだな」

レオンは皆の顔を見回して決めていく。

「石は持ってきてあるの？」

エレオノーラは身軽なジュナの姿を見て問う。彼女の道具は荷台にあるが、魔宝石のような傷つきやすい高価なものを入れておくとは思えない。

「まだ用意してないわ。試してみせるだけなら魔宝石はいらないから。魔力もそんなに必要ないし。石の設置は塔を固定してから浮遊魔術で乗っけて、魔術で保護するの。そこまですると簡単には盗めなくなるわ」

「これを固定して稼働するとなった時には、どの位の石があればいいんですか？」

　塔を見上げていたヴァレルは、視線を下ろして尋ねた。

「塔と同じ性質の石なら、外に出してもいい品質で大丈夫です。強くて大きいほど精度がよくなるし、土地にかかる負荷も減りますが、監視目的なら気にしなくて大丈夫です」

「ふむ。塔と同程度の石もありますが、そこまでは必要ないと」

「そのレベルなら雷も下ろせるようになりますよ。そこまでしなくても罠の質は上がるし。質が上がれば侵入者を生かすも殺すも選ぶことができる。どの辺りで妥協するかです」

　ヴァレルは目を見開いた。

「あの時のような雷を、この小さな塔で？」

　彼は恐ろしげにもう一度塔を見上げ、それを見て騎士達一同はため息をつく。神の怒りのすさまじい威力はドゥルスの住民達の肝も潰したようだ。地下にいてすぐに気を失ったエレオノーラはその後の騒乱を見ていなかったが、終わった後の市民の興奮は知っている。

「もちろん石の品質がよくて、それなりの魔力と信仰心がある人がいないと無理ですよ」

「石の力ではなくて、やっぱり人の魔力なのか？」

　ヴァレルはさらに驚き、問いかける。

「ええ。魔術師にとって魔鉱石の価値は、人間が使うと複雑な術でも、魔力があるだけで発動するようにできるようになる道具の部品であることで、魔力源としての価値はそこまで感じません。効率よく手軽に魔力を生み出すのは、やっぱり人間なんですよ」

「確かにそうなんだが……人の方が効率がいいと言われるとなぁ」

それを売って暮らしている彼には、魔術師の魔術師らしい言葉は、禁忌的な響きもあって理解に苦しむようだ。

「そんなものです。大それた儀式のために村を一つ生け贄にした悪しき魔術師の伝説も、別に悪魔に捧げるためとかじゃなくて、純粋に儀式に必要な魔力を絞り取るために、本人は合理的だと思ってやったんですよ。自然由来の魔力は希少で高価で非効率的だから」

有名な昔話だが、実話が基になっているのは知らなかった。

「だからうちの塔は人の命を使うことはないし、苦しまれると力が落ちるんですよ」

「なるほど……だから罪人を使っていた時は効率が悪かったのか」

ヴァレルが顎に手を当てて呟いた。

「塔に一番効果的なのは『祈り』です。自然の魔力には祈りがないので、大規模な術は平和を祈って捧げられた優しい魔力でないと難しいんですよ。それを用意するのも難しいから、ガエラスは先の魔術師と同じで、兵器を動かすのに生け贄を選んだんです」

隣国の選択に、ジュナは心から嫌悪するように吐き出した。

「……なるほど。神の力、祈りの力は素晴らしいですね。安心しました」

彼は自分を納得させるように言った。

わざわざ祈った覚えはないが、塔の中にいる時は幸せだから、それが続くようにと無意識に祈りになっていたのかもしれない。

「あと、先のことを考えて、魔鉱石の力を引き出せる職人になら理解できる単純な作りにします。突出した力を持つ一人がいなくなったら動かなくなったり、高度すぎて製作者しか手を出せない装置が数百年動き続けることは避けたいんで、単純な作りにします」

一人というのはエレオノーラで、数百年後にジュナ達の跡継ぎがいるとは限らないということだ。理解のない領主が現れれば、技術など簡単に途絶えてしまうのだ。

「それはよかったわ。長く使えないとしたら、別の方法を考えなきゃいけないし。わたしが健康的に生活するよう頑張るにしても、限度があるものね」

「そうそう。加齢で魔力が減ることもあるし、一人に無理をさせるわけにはいかないわ。それにあたし達の後輩の出来が悪くて理解してもらえない可能性もあるし」

今から手を打たないと、老後に無理をしている可能性があるのだ。オルブラの未来を現実的な視点で考えてくれる人がいて、エレオノーラは幸せだ。自分で心配する必要がない。

「そんなことまで考えて……すごい」

ジェラルドは感心しきった様子で塔を見上げている。それを見て、大人達は複雑そうな顔をしていた。

「善良、なんだけどなぁ……言うことがたまに、何かと……物騒なんだよなぁ」

レオンが額の汗を拭(ぬぐ)いながら呟いた。

「確かに、見た目や言葉の印象で判断する人々に勘違いされやしないか、いつも心配になるんですよ。自分達は彼らが立派な人だと知っているからいいんですが、たまにヒヤッとします」

ヴァレルも困ったように腕を組む。

オルブラの魔術師達は人体実験するとしたらまず自分自身で行うし、危なすぎることはしない。たまに爆発することもあるがちゃんと備えているし、仲間の健康を気にして休むように忠告し合うし、食堂の食事は美味(おい)しい。研究者では珍しく、神に恥じない生き方をしている。

「ジェリー、世の中にはものすごく怪しく見えるけど、実は怪しくない人もいるんだ。怪しい人を見極めるのは、難しいんだぞ。詐欺師は多いから信じすぎてもいけないけど、見た目だけで決めつけるのもよくないいんだ」

ニックがジェラルドの前にしゃがみ込んで言い聞かせた。

「どうすればみきわめられるの？」

「これればかりは経験だ。悪意っていうのは目には見えない。よく観察して怪しいって思っても、経験を積むまでは本当に怪しいかどうかを信頼できる人に聞いて、経験を積み重ねるんだ。ここだと俺達身内以外だったらレオン様とかウィルとか、家だとアンジェとかじいちゃん達とか。あ、でも、本人に聞こえるように怪しいって言ったらだめだぞ。ただの変わった人だったら可(か)

哀想だし、怪しまれているのが知られたら怪しい奴に逃げられるかもしれないだろう。だから口が軽い奴に聞くのもよくない」

「そっか。教えてくれてありがとう」

礼儀正しいジェラルドは、ニックにお礼を言った。無難で、そうしてくれれば大人も安心できる、分かりやすい説明だ。

問題の発端になった『怪しい人』は何も気にせず塔に集中している。

「ジェリー、わたしはしばらくここにいるから、その間に鉱山を見せてもらってきたら？」

これ以上は子どもには退屈だろうと提案した。騎士達もその方が楽しいはずだ。

「姉さまはまだ鉱山をみていないんですよね？」

「ええ」

「でしたら、姉さまといきたいです。姉さまが魔力をつかうのもみたいです」

エレオノーラならもう移動したくないという理由で留まっていただろうが、ジェラルドは走り回るのも苦ではない子だ。普通は見学に行く方が楽しいだろう。

（本当に塔に興味があるのかしら？　それとも姉が労働しているから遊びにくいのかしら？）

エレオノーラは戸惑ってレオンを見た。

「……エラ、別に我慢しているわけではないと思うよ。自覚はないかもしれないが、世間では鉱山より君が力を使う姿の方が珍しいんだ」

エレオノーラは驚いて弟を見た。すると、いつも静かなその瞳は、心なしか好奇心できらめいて見えた。

「見て回るのは後でできる。ジェリーは姉が何をしているのかが気になるんだ」

ジェラルドは少し恥ずかしそうにレオンの足に隠れ、小さく頷いた。

「面白いことなんてないんだけど……」

「いいえ、おもしろいです」

彼は塔を見上げて言う。

「男の子って物作りとか好きだし、見たいなら見せてあげたら？　見られて困るようなことではないし」

ジュナが大して気にした様子もなく言った。

「なる……ほど？　まあ、退屈しないなら」

エレオノーラも好きなものを作るのは楽しい。彼にとって、この小さな塔が興味の対象になっているなら、見せてやるのもいい。退屈だと思うなら、それを知るのも勉強だ。楽しそうだと思って始めたら、思っていたのと違うことは山ほどある。

「こんなものを作れるなんて、すごいです」

「そっか。確かにすごいわよね」

人は面倒くさい過程を飛ばして結果だけを見たがるが、彼は過程にも興味があるようだ。何も知らないで知った気になっているよりは、体験して本物を知る方がいい。

「じゃあ、溶鉱炉とか、鍛冶場とかも好きかしら？　さそわれているから一緒に見に行きましょうね」

「はい。うれしいです」

一緒にと言うと、間を置かずに頷いた。同性のニックとでも一緒に回った方が楽しいだろうと思っていたが、決めつけてはいけなかったようだ。


エレオノーラは無人のトロッコに運び出される鉱物の山を見送る。掘削用の魔導具で岩肌を削っている鉱山員が下の方に見える。

「すごい」

ジェラルドの呟きを聞きながら、ドゥルスらしく不思議な魔導具がたくさん使われている坑内を、高い場所から一同は見下ろしていた。

エレオノーラの魔力が必要な作業が終わると、後は本当に退屈だからと鉱山に行くようジュナに勧められて来たのだが、思った以上にすごい場所だった。

「ここが全部魔鉱石なんですか？」

「いいえ。山のすべてが魔鉱石になるわけではありません。普通の鉱物も多いですよ」

ジェラルドの問いにヴァレルが、心なしか優しい口調で答えてくれた。

高純度の魔鉱石の鋳塊は金塊よりも高価なのだから、当然と言えば当然だった。

「だから人が少ないの？　意外と忍び込みやすそうだわ」

泥棒が騒ぎになっているので、大丈夫か不安になった。

「ここは来客に見せるための空間です。比較的広くて、それっぽいでしょう？　ここから見えないところに警備もいますし、ここに来てくれるなら捕まえやすくてありがたいですよ」

ヴァレルの説明に、ニックに抱き上げられて柵の上に手を置くジェラルドがふむと頷いていた。その様子を見て、騎士達の頬が緩む。

「つまり、他の場所を探している連中は厄介なんだな」

レオンは昨夜のことを思い出したようで、ため息をついた。彼は足下が悪いからと、エレオノーラと腕を組んでくれている。観光らしい観光をしているせいか、先ほどよりも機嫌がいい。

それなりに長くこの地域にいるが、観光をするのは初めてのことらしい。

「そちらもいつかはご案内したいところですが、護衛の数も絞って、側近中の側近の方だけで来ていただくことになります。隠しておきたい場所を知っている人間は少なければ少ないほどいいので、生まれた時から住んでいる者でも、場所を知っているのはごくわずかなんです」

「管理できているなら構わない。そういう案内はネズミが居なくなってからの方がいいだろう。

しかしその言い方だと、やはり少人数で掘り進めているのか？　鉱山内の労働にはよそ者は雇わないと聞いているが、人手は足りているのか？」

レオンは坑内を見下ろして問う。

戦争で働き手が少なくなっているはずだ。見せられる場所なら警備には使えるが、鉱山の奥に入れられる人数は限られている。

「確かに人手は減りましたが、以前は警備に割いていた分を、親交を深めた傭兵(ようへい)などをあてがったのでなんとかなっています。魔術師達の技術は守りの塔で有名になりましたが、元々はここで使う道具を作るために研究を始めたんですよ。塔に力を割ける程度、鉱山内は完成してるんです。だから鉱山で働く者は元々少なかったんです」

「なるほど。元々そういうのを作っていたから、彼らは装置を作る方向が得意なのか」

無人で走るトロッコを見てレオンは納得した。

「それに、あまり多く出回ると特別感がなくなるから調整しているんです。人を増やしてガンガン掘ってると、鉱物より先に魔力がなくなりますから」

「先に魔力がなくなる？」

エレオノーラは驚いて声に出していた。

「大半の魔鉱石の鉱山は、鉱物よりも先に魔力が枯渇するんです。石を置いておくだけで魔鉱石になるのに、それをしないのはよそから持って来た石に力を与えると鉱山の魔力が枯れるからです。理屈は分かりませんけど、きっと強欲な者達は神に見放されるんでしょうね」

「へぇ、それは知らなかった。神に見放されるか……なかなか面白い考えだ」

欲深い者がオルブラの当主になるのを恐れていた一番の理由は、これなのかもしれない。欲に溺れると際限がない。自分さえよければいいという人間は、子孫が困ろうが関係ないのだ。

「盗もうとするよそ者達も、分かりやすい塔を建てて減ってくれればいいんですが」

ヴァレルは疲れたように呟いた。彼も頼りになる父親に先立たれ、気を抜く暇もない日々を過ごしているから、精神がすり減って当然なのだ。

「そのために分かりやすく立派な塔を建てましょうね。それで諦めなくても、片っ端から捕まえていけばいいんです。それができるように塔を建てるんですから」

「……確かに。それができるっていうから協力するんでした。捕まえられるってのは、いいですね。ええ。楽しみです」

ヴァレルが小気味よさそうに笑う。完成していないのに信じているのは、魔術師達に実績があるからだ。

「すごいです」

今日のジェラルドは『すごい』が口癖になってしまったようだ。

「ふふ。もしジェラルド様が天の裁きを見ていたら、きっと『すごい』なんて言葉じゃすまなかったでしょうよ」

「品質がよすぎる魔鉱石を悪しき者に奪われてはいけないと、先祖代々言われ続けていた意味が理解できるほどすごかったですよ。皆、しばらく天を見て固まってしまいましたから」

ジェラルドが目を見開く。彼の頭の中でどんな『すごい』を展開しているのか気になった。

「悪い人が使うと、危ないんですね」

「そうだ。手段を選ばない研究者の手に渡ったら、恐ろしい殲滅兵器ができ上がる。うちの魔術師達みたいなのが稀だ」

レオンは空いた手でエレオノーラの手を握り、半分自分に言い聞かせるように言った。

「そうですね。エレオノーラ様にしか動かせないとはいえ、範囲内にいる自分達まで知らない兵器は作ってましたけど……」

ヴァレルも呆れたように同意した。

「兵器と言っても、悪しか成敗できないけどな。制約でかなり絞っているからこその威力と範囲だ。というか『神の怒り』そのものは魔術師数人がかりなら道具を使わずにできるからな。あいつらの特殊なところは『神の怒り』の範囲を細かく指定するなんて応用をしたことだ」

魔術師達は神の怒りを下ろす対象を『許可を与えていない魔導具』とした方法を編み出したのだ。普通は殺人を犯したことがある者などの神のみぞ知るような条件で縛るらしい。

「ま、布令を出す者、印をつける者、発動させる者、すべてが善じゃないと上手く発動しないみたいだから、生まれ故郷を守るためなんて団結力でもないと難しいんだ」

それでも詐欺師が善良な人々を動かせば、できてしまうかもしれない危険性をはらんでいる。この鉱山を善良な先祖が見つけたのも、神の思し召しだったと言われているほどだ。ドゥルス鉱山がなければ、誰も寄りつかないような厳しい土地を押しつけられても、悪用しようとしなかった、賢くて善良な人々だったのだ。

「問題は、他に応用しようって馬鹿な天才がいた時だな」

「ばかなてんさい？」

矛盾する言葉を聞いて、ジェラルドは首を傾げた。

「ジュナ達はその手の気があるから怖いんだ」

「あのお姉さんは、本当にすごいんですね。本で読んだ、ご先祖さまのおともだちみたいです」

英雄だったリーズ家の先祖の友人に、有名な変わり者の魔術師がいるのは有名だ。大半は後世の創作だが、変わり者の代名詞となるほど変わり者であったのは本当だという。

「そうそう。ああいう手の奴だ。ジェリーも、ああいう天才には気をつけるんだぞ。ずっと見張ってくれていたからいい感じになったんだ。君達の大叔父やその先祖がとてもいい人で、暴走させるとろくなことにならない。できれば知り合わない方がいいが、関わってしまったなら責任を持って見守るしかない」

レオンはそんなふうにオルブラの魔術師達を見ていたようだ。最初の嫌いようも、世間からしたら無理はないのかもしれない。今は理解を示して、頭を抱えながら見張っているのだ。

「頭のいい連中をまとめるのも大変そうですね。うちの連中は頭を使うのを全部押しつけてくるから厄介だと思ってましたけど」

ヴァレルは眼鏡を押し上げて言う。屈強な男達をまとめ上げる彼が細身なのは、他の者が嫌がる政治や事務仕事を引き受けているからに他ならない。

「ジェリー、おまえの姉様は大変そうだな。うちは平和な土地でよかったよ」

ニックが無責任にジェラルドに話しかけた。

「はい。ワインしかないって、いつもアンジェ姉さまが言ってましたけど、ワインしかなくてよかったです。どろぼうは来ませんから」

ジェラルドはこの鉱山が理由で戦争が起こったことは理解しているらしく、争いの種がないことに感謝するように言う。小さな悩みはあれど、大きな悩みがないのは幸せなことだ。

「ジェリー、ワインしかないというか、ワインがあるから助かってるのよ。うちのワインはそれなりに高く売れるから、みんな暮らすのに困ってないでしょ」

ワインを飲んだことのないジェラルドに、エレオノーラは微笑みかける。争いもなく、豊かに暮らしていける幸せは、そこにずっといると分からないものだ。晴れた空の下に広がるブドウ畑の美しさは、離れてみて初めて理解できた。王が戦いに明け暮れた英雄に与えた、治めやすい好条件の土地だったといわれているのも理解できるいい場所だった。

「はい。暮らしに困っていないのはすばらしいことだって、本に書いてありました」

彼はこくりと頷いた。彼が何の本を呼んだのか気になった。

「美味(うま)いワインだと聞き及んでいます。あまり上品な酒とは縁がないですが、こちらまで入ってくれればいつか飲んでみたいものですね」

ヴァレルが肩をすくめて言う。彼はいかにもワインが似合いそうだ。

「そのワインならあるぞ」

レオンのその言葉に、ヴァレルと彼の部下達の動きが止まる。

「たくさんあるから、皆に楽しんでもらいたいと思うんだが」

「たくさん……あの樽(たる)……」

「おおっ、女神よ」

いい年した大人達が、ジェラルドよりも語彙(ごい)をなくした。

「いいワインだから輸出もしたいし、そうしたらオルブラを通るだろうからな」

「なるほど。酒好きが多いから、皆も歓迎しそうですね」

「倉庫街の皆も喜んでいたぞ。あちらは自分達の造る酒がよそでは珍しいと知って、それも売り出す気らしいが」

「え、珍しいのですか？」

「ああ。酒と言うより、樽を作ってる木材に魔力があるから、中の酒に影響が出てるんだ。健康にいい酒的な」

　するとヴァレルは露骨に眉間にしわを寄せた。

「ここの木を大量に切るなんてのはなしですよ。必要以上に切ると山が怒るので」

「小遣い稼ぎで本業を潰す馬鹿はあそこにいないだろう」

「ん、確かに。それをする馬鹿はあそこにはいませんでした」

　ヴァレルはからからと豪快に笑った。知的な印象の彼には、あまり想像がつかない笑い方だ。

「酒のことはジェリーにはまだ早い話だよな。つまんないだろ？」

　ニックに問いかけられると、ジェラルドは首を横に振った。

「いいえ、たのしいです」

「楽しいかぁ。そっかぁ、そうだよな、ずっと特定の大人としか話をしなかったもんなぁ。知らない話は楽しいよな」

　子どもと遊ぶのが一番だと思っていたが、彼は今まで大人とばかり話していたのだから、大人の話を聞くのは苦ではないどころか、娯楽にできるようだ。

「ニック兄さまのお話もたのしいです。おなじぐらいの子どもの話も、しらないことが多くてたのしいです」

　知らないことを知るのが好きなら、大人について回るのは本当に楽しいのだろう。顔は似ているが、世の中にあまり興味のないエレオノーラとは大違いだ。

「ジェリーは色々見たり聞いたりしたいのね」

「はい。アンジェ姉さまが言ってました。本で読むのと、自分で見るのとではちがうって。でも知っていると、理解が深まるから本は大切だって。せっかくニック兄さまがいるから、エラ姉さまのところに社会勉強に行ってみないかって、すすめてくれたんです」

手紙の内容を合わせると、今を逃せないという妹の切実な思いを感じた。

「そう。社会勉強……本の理解は深まった？」

「はい。ぜんぜんちがうところも、正しいけど考えていたのとちがうこともありました」

アンジェリカが大好きなのだろう。彼は姉の言葉をかみしめている。この姿を望んでいた彼女に、見せてやれないのが悔やまれる。

「こういうところは、本当にアンジェにそっくりね」

「ほんとうですか？　アンジェ姉さまに似てますか？」

姉に似ていると言われて、彼は嬉しそうにした。普段は父親に似ているとしか言われないのだろう。嫌というほど聞いてきたから、嬉しい気持ちは分かる。

「本当よ。あの子は女の子だから好き勝手させてもらえなかったけど。ほら、女の子が一人で出歩くと危ないから。だけどジェリーは男の子で、自分よりは自由がきくから、もっと外に興味を持って欲しかったのよ」

自分も来たかっただろうに、我慢して弟を優先したのは成長の証だ。

「次に来る時はきっと一緒に来られるから、アンジェを案内したい場所を見つけましょうね」

「はい。ひとつは見つけました。おみやげを買ったお店です」

確実に喜ぶだろう選択だ。彼は姉を本当に理解している。

趣味を理解してもらえるのが嬉しいのを、エレオノーラはよく知っている。レオンがエレオノーラに買ってきてくれるのは、いつも好きなものだけだった。目に見える愛情のようで、何度もらっても嬉しくてたまらない。

「でも、ぼくはここがたのしいですけど、姉さまはあんまり好きじゃなさそうです」

「さすがだな。その年で姉の趣味をちゃんと理解できているのはえらいぞ。見なきゃいけないところをしっかり見ている証拠だ」

レオンも感心してジェラルドを褒めた。

「理解、できていますか？」

彼は成長を心配されて送り出されたから、自分に対して不安を覚えているようだ。

「完璧に理解するのは誰にも無理だが、そうやって考えることこそ彼女は望んでいるから、ジェリーは心配せずに楽しめばいい。自分が楽しいと思うことを知って、何を知ったかアンジェに話してやるといいさ」

まるで父親のように彼は言う。

（……やっぱり、これは少し複雑な心境だわ）

父親の代わりに道を教えてくれる人を求めて送り出されたのだから、彼の行動は正しい。だが、クロードが大好きすぎる彼が、クロードによく似た子どもを構い倒す姿を見るのは、どうにも複雑な心境だ。

（大好きなお父様の息子だから構っているのか、わたしの弟だから構っているのか、どちらなのかしら？）

くだらない、どちらでも同じことと思いながらも、つい比べて考えてしまうのだ。

手の届かない相手だと思っていたレオンからの好意があってこそなのだから、贅沢な悩みなのは理解している。それでも、悩むほどには彼の特別であることに慣れてしまったようだ。

贅沢に際限はないというが、思わぬところでそれを感じている。

比べる相手が実の親なのだから、本当に馬鹿らしい話だ。

３章　職人達の意識

翌日、昼過ぎにエレオノーラ達はドゥルス市内の要所を巡っていた。

昨日（きのう）は帰り際にもう一度ジュナの様子を見たりしているうちに日が傾いたので、追加の魔力の補充をしてそのまま屋敷に帰った。

午前中は見たいと思っていた施設を見学し、今は気ままに散策しているところだ。

ヴァレルも言っていたが、よそ者を鉱山には入れないため、外の者が想像しているような出稼ぎの男が幅をきかせているような賑（にぎ）やかな栄えた都市ではない。嫁いできたり技術者に弟子入りしているよそ者以外は、先祖代々の住人ばかりで、人数は世間が想像するほど多くないし、都市自体も広くない。

建物は素朴で木と石を組み合わせた古き良き街並みだ。倉庫街の方がよほど裕福そうな大都市の貫禄（かんろく）がある。あちらは商人の相手をするから華美に飾っているが、ここは昔ながらの職人達のための都市として、人々が過ごしやすい都市づくりをしている。

それでも田舎（いなか）者からすれば、城壁に囲まれて、様々な店がある立派な都市である。田舎では見栄えのいいだけの花など、わざわざ植木鉢を用意して植えないのだ。

「姉さま、金属ってすごいですね。あんなどろどろが、かたまりになって、剣になるなんて」

「そうね。ハンマー一つで形を変えていって、すごいわね」

　現在は市内で一番の鍛冶屋だとヴァレルが連れてきてくれた工房の見学をさせてもらい、ジェラルドは金属の形の変化に興奮を滲ませていた。

　どろどろというのは、先ほど見学させてもらった製鉄所で見た溶けた金属のことで、塊とは熱せられハンマーで叩かれて剣になりつつある鉄のことだ。

　彼にとって、運び出した鉱物が、溶けて固まって、また溶かして形を変えていくのが楽しくて仕方がないようだ。普通は見せてもらえない部分を見せてもらったのは、エレオノーラの弟でクロードの息子だからであり、自分の父親の偉大さを理解するにも最適な優遇だった。

「かっこいいです」

　革のエプロンをしたたくましい男性が、軽快にハンマーを振るう姿を食い入るように見ている。簡単にやっているようにすら見えるのが、熟練の技の証だろう。

「あの剣はオルブラから頼まれた剣なんですよ」

　この店の息子が教えてくれた。好奇心のまま、あれはどんなことに使う道具なのか聞くジェラルドに、年長者らしく根気強く教えてくれている。公園に来て遊んでくれた一人らしく、彼もジェラルドに興味を持ってくれているようで、いい関係が築けそうだ。

「あら、うちの注文の品だったのね。作っているところを見られるなんて運がいいわ。ねえ、レオン様」

武具のことはさっぱり分からないので、注文していることすら知らなかったから、知っていそうなレオンに話を振った。

エレオノーラの腰に手を当て、ジェラルドの頭を撫でていた彼は、満足げに頷いた。

「レオン様、すごい家族面だよな」

「好きな顔に囲まれて、独占欲丸出しで欲張りだよな」

騎士達が陰口を叩いているが、レオンは気にせず微笑んでいる。

腰に回された手は触れるか触れないか程度の接触でいやらしさは感じないが、腰に手を添えられること事態にはまだ慣れていない。他人がしているのはよく見ていたが、自分が経験したのは領主になってからだ。

戸惑いを顔に出していては未熟ととられてしまうが、幸いなことに父に似て感情が表に出にくいので、ほとんどの者は気づいていない。数少ない気づいている者には、エレオノーラを戸惑わせているレオンが含まれるのだが。

「あれはきっと俺が頼んだものだ。完成が今から楽しみだな」

レオンはエレオノーラが振った話題へ、意外な言葉で返した。

「レオン様が頼んだのですか？　皆さん、立派な剣があるのに？」

「各々自分の剣はあるけど、予備が欲しかったんだ。俺の魔剣も杖のようなものだし、それほどでなくてもいい剣を持ってきた奴は、あまり持ち歩きたくないんだ。だから実用特化の剣を頼んだんだよ。志願兵達がいい剣を使っていたから、それに近いのが欲しくて依頼したんだ」

レオンは嬉しげに言う。他人のものを見て欲しくなり、地元の誰かが作ったに決まっているから、調べて注文したのだ。

「え、じゃあ俺のものになるの？」

「ならないな。試しに注文しただけだから、全員分はない。将来的には数を揃えるつもりだが、同じ剣で揃えることはないだろう。何かいい剣があれば、考慮するぞ」

騎士達は顔を見合わせた。交代でとっている自由時間に、店を回ろうと話し合う者もいた。

彼らはすでにオルブラの騎士団のように振る舞っているが、正式にはまだレオンの私兵であり、それをエレオノーラが雇っている体なので、代金はレオンが払うつもりだろう。

しかし彼らは近いうちに正式にオルブラの騎士になるのだから、オルブラから出すこともできる。どう考えているのか、後で話し合わなければならない。

「やっぱり騎士様がお使いになる魔剣をご所望だったんですね！　じいさんの剣は、鎧ごとぶった切れる頑丈さと切れ味が持ち味なんで、実用の魔剣として最適ですよ」

店の少年が興奮気味に言った。

「魔剣？　今作っているのは、魔剣なの？」

「はい。今作っているのは地味だけど、使える魔剣ですよ」

レオンは腰の剣を騙すようにして手に入れるまでは、魔剣を持っていなかった。頼んで手に入るなら、さらに欲しくなるのは無理もない。彼がそれを手に入れるのに権力を使っても、誰も咎めないほど働いている。

「素材とは別に魔力の流れがあるから見る人が見れば分かるんですが、さすがレオン様ですね！　派手な効果がない分、魔力は少ないから分かりにくいはずなのに」

少年はレオンに羨望の眼差しを向けた。

彼は騎士として名高いレオンに憧れを抱いているようだ。レオンも子どもの羨望の眼差しは気分がいいらしく、爽やかに微笑んでいる。

彼は積極的に子ども達と交流する。自分の足場を固めている途中だからこそ好感度を考えているかもしれないが、幼い子どもが好きなのは本当だろう。

「気づきが悪いと貴人の護衛はできないからね。特に魔力はよく見ることにしているんだ」

レオンが言うと、当然とばかりに他の騎士達も頷く。

（みんな、自分が使える剣かもしれないからよく見ただけなんでしょうけど……）

なかには本当にそうしている者もいるかもしれないが、注文を知っていた騎士達は間違いなく自分の欲望のためだ。

「レオン様がお使いになる剣が、素晴らしい出来になりそうで楽しみだわ」

レオンが訓練以外で剣を剣として使っている姿を見たことがなかったが、これからは見る機会もあるかもしれない。それでも鞘（さや）に収めたまま鈍器として殴り倒している姿が脳裏によぎったが、考えすぎだろう。

「エレオノーラ様をお守りするための剣を作れて、祖父も喜んでいます。頑張って堅苦しい顔をしてますけど、エレオノーラ様に褒めていただけて喜んでいるんですよ」

レオンの剣を打つ鍛冶師の手が一瞬止まった。しかし何でもなかったように手が動き出す。彼の苦み走った仮面もなかなか頑丈だ。

「そう言っていただけて光栄よ。ああ、そうだ。おじいさまは子ども用の剣も打ってくださるかしら？」

「ジェラルド様にですか？　クロード様の息子の剣なら、誰だって喜んで引き受けてくれると思います」

「嬉しいわ。この子がもう少し大きくなったら必要になるから、そのうちお願いするわね」

ジェラルドを見ると、こぼれ落ちそうな程大きく目を見開いてエレオノーラを見つめていた。

「もっと大きくなってからですか？　早いとこれぐらいの年齢で剣を作って欲しいって言われますよ」

「そう？　まだ早いと思うんだけど。五歳にならないぐらいの子でも真剣を持つものなのかしら？」

「えっ!?　しっかりなさってるから七、八歳ぐらいだと思ってました。そりゃまだ早い」

　彼は動揺を抑えるように、胸に手を当てて深呼吸をする。

「ジェラルド様はしっかりしてるし、背が高いから勘違いしてました。あ、でもエレオノーラ様もクロード様も背が高いから、このぐらいの年でも背が高くなるのか……いいなぁ」

　彼は同年代の子どもよりも背の高いジェラルドをまじまじ見てため息をついた。彼は十歳ぐらいに見えるが、もう少し年齢が上なのかもしれない。

　そして、そんな反応を見たジェラルドも驚いていた。

「ぼくは背が高いんですか?」

「同年代の中では、頭一つ分大きいんじゃないかしら。だからもう少し大きくなってから、身体(からだ)に合わせて剣を用意しましょうね」

　そこからもまた大きくなるかもしれないが、そうしたら一般的な大きさの剣を使えばいいのだ。その時には、職人達に腕によりを掛けて自慢できるような剣を作ってもらえばいい。

「……ぼく、同じぐらいの背の子が『同年代』だと思ってました」

　彼はここに来て一番の衝撃だと言いたげに自分の両手を見た。

　誰もわざわざ年齢を確認し合わなかったらしく、友人のいなかった彼には判断がつかなかったようだ。同年代を排除した弊害だと、母に訴えやすい材料ができた。

「じゃあ、今度子ども同士で遊ぶ時、年齢を聞いてみなさい。ただし、大人(おとな)の女の人に年齢を聞いちゃだめよ。とても失礼なことだから」

「はい、しってます。母さまにおそわりました」

「そうね。女性に対する礼儀を、お母様が教えていないはずがなかったわね」

今の彼に一番必要なのは礼儀作法ではなく、世間の普通。感覚で身につけていくことだ。

「エレオノーラ様、しばらく終わらないし、あまりじっと見られていると祖父が緊張してしまうので、他の工房にも行きませんか？」

鍛冶屋の少年が提案した。確かに鍛冶師の男性は視線を気にしているから、いい物を作ってもらうなら人目はない方がいいに決まっている。

「他の工房？」

「高度な魔導具を作っているのは、倉庫よりここの方が多いんですよ。高位の素材を扱うのは難しいんで、武具以外を作る職人も腕利きばかりですよ」

「そうね。じゃあ、次はどこに行こうかしら」

観光している一番の目的である、弟に世間を見せて、視野と交友を広げるという目的のために、彼が言うように武器以外を見せるべきだ。

「じゃあ、次はうちの工房へ！」

突然背後から、ドアを開いた音とドアベルの音と女の子の声が同時に響いた。

びくりと肩が震え、反射的に振り抱える。可愛らしいリボンで髪を結った、可愛らしい七、八歳の女の子が、目をキラキラさせて立っていた。ジェラルドより少しだけ背が高い。

「うちは魔導具の工房なの！」

「ずるい！　貴族向けの見栄えのいい細工をするのはうちなのに！」

また別の女の子が入ってきて争うように主張する。外にも何人かいて、急に賑やかになった。

「こらこら。一気に言われても困るだろう。レディがはしたないことをしない。騎士様に笑われても知らないぞ」

ヴァレルに叱られ、途端に口を閉じて頬を赤らめる女の子達。その微笑ましさに絶えきれず騎士達は笑みを深めた。

「見学が終わるのを待っていてくれたの？　じゃあせっかくだし近い順に案内してもらえないかしら」

断る理由もなかったので提案すると、彼女達はエレオノーラの手を引いた。

「うちはすぐそこです」

「うちはその隣」

一軒分遠いのか、細工師の子が肩を落とす。

「騒がせて悪かったな。追加でまた頼むと思うが、その時もよろしく頼む」

「殿下の注文ならいつでも歓迎です。もちろんそちらのお坊ちゃんの注文も」

レオンは鍛冶師に挨拶をし、彼は視線を合わせずぶっきらぼうに言う。騎士達はいかにも職人らしい姿に満足し、工房を出た。

倉庫街は完成した魔導具や、研磨した魔宝石、原石など見栄えがいい商品が幅広く揃えられていたが、どこの誰とも知れない相手に売って問題ない素材のものが多かった。

しかしここで作られているのは、身分の確かな相手にしか売れないようなものが多い。それだけ効果が強く出るもので、使い方の説明をしないと困るものや、武器のように危険なもの。魔宝石だけ取り出して別に利用できたりもするので油断はできない。

だからドゥルス市まで来るのは低ランクの素材を大量に欲しているか、ここでしか手に入らない特別な性能の品が目当ての人達だ。

適当に仕入れて故郷で何倍もの値段で誰にでも売るような商人はお呼びではない。

「あ、きのうは遊び方を教えてくれてありがとうございます」

店に入るとジェラルドは店内にいた少年に声を掛けた。昨日一緒に遊んでくれた一人のようで、店番をしながら作品を作っていた彼は、急に声を掛けられて驚き顔を上げた。

「ジェラルド様！　エレオノーラ様も!?」

彼は慌てて立ち上がり、手にしていたものを作業机に置いた。

「お兄ちゃん、エレオノーラ様が見学してくださるって！」

「えっ!?　見学!?　あ、こ、こんにちは！」

「こんにちは。お邪魔するわね」

少年は慌てて深々と頭を下げる。ここに来るまでに何軒も工房に連れられて見学させてもらった。事前に告げずに連れて行くから、顔を出すと当然みんな彼のように驚いていた。驚かれるのにも慣れたので、エレオノーラは彼が落ち着けるように優しく微笑む。慈愛に満ちたような微笑みを浮かべたいが、目つきが悪いので、敵意がないことを伝えるので精一杯だ。

「ちょ、今日は母ちゃんがいないのにっ」

「見学していただくだけよ。もう、だらしない格好して！」

妹に指摘され、慌てて手袋を外してくせっ毛を整えたが、あまり効果はなかった。だが、いかにも職人の卵らしくて微笑ましく、皆もにこにこと笑って見守った。

「仕事中なんだから、気にしないで。急に押しかけてごめんなさい」

「そ、そんなことありません！　光栄です！」

彼はおろおろしながら工房内を見回した。不思議なものが多く、部屋の隅にある大きな大理石の水盆には、キラキラ輝く宝石が沈められていた。

「こちらは細工をしていると聞きました」

「は、はい。高品質の魔宝石の扱いは難しいんで、倉庫街で加工する分も、うちで最低限の加工をしています。あ、その魔宝石は一度に力を使って力を失ったもので、そうしておくと運がよければ復活するんです」

　昨日、ヴァレルに教わったことを思い出した。

「魔力のない石を魔鉱石にはしないと聞いていたけど、高価なものならありなのね」

「いや、一度魔力を帯びた石は、普通の石よりも魔力を受け止めやすいんです。しかも前と同じ性質になるんですけど……扱いが難しいんで希少な石はうちに預けられるんです」

　熟練の職人でなければならないのなら、面倒は引き受けなくて当然だ。

「つまりこちらは魔宝石の扱いに長けているのね？」

「はい。魔宝石の加工はうちの母が一番です」

　彼は迷わず、誇らしげに頷いた。跡継ぎが親の技術を誇ってくれるなら、彼はいい職人を目指してくれるだろう。

「じゃあ、わたしがもらったものも、ここで加工を受けたのかしら？」

「はい。魔力を吸うのは母が加工してました。半端な職人がやると、その、干からびかねない、危険な作業なので。数が必要だって聞いて、それ以外の装飾的な加工は他の人にお願いしたりしたんですけど」

「そんなに危険なのね。確かに魔力を抜きすぎただけで身体がひどく痛むっていうから、暴走したら危険よね」

それこそ痛むではすまない可能性がある。

「今日はお母様はお出かけなの？」

「母は今、集まって料理を……しているから、いないんです」

集まって共用の釜（かま）で料理をする地域もあると聞いたことがある。もしくは趣味の集まりか何かで皆で料理をしているのだ。それを申し訳なく思っているのか、彼は言いにくそうにしていた。

「そう。残念ね。じゃあ、代わりにお礼を伝えておいてくださるかしら」

「は、はい、もちろん喜んで！」

「おかげで塔を離れられるようになって、助かっていると伝えてちょうだい」

「こ、光栄です」

肩に力が入りすぎて可愛らしい。エレオノーラはくすりと笑い、もう一度工房を見回した。

宝石も扱う場所だから、揃えてある道具も見たことがないものばかりだ。騎士の家系だから鍛冶には多少縁はあったが、こちらは本当に何も分からない。

「これで石を削るんですか？」

ジェラルドか案内を買って出た女の子に尋ねた。エレオノーラにはそれが何なのかさっぱり分からなかった。

「ええそうです。よくご存じですね」

「本で見ました。エラ姉さまのいるところが、魔宝石で有名だって聞いたから」

「ジェラルド様はとっても勉強熱心なんですね。ステキです！」

女の子達は頬を赤らめて騒いでいた。リーズ家の顔は、男の場合だとモテるのだ。あのお気楽なニックでさえ口を開かなければモテるのだから。

「あ、あの。ジェラルド様」

留守番の少年は、少女達のようにもじもじしながらジェラルドに声を掛けた。

「はい。何でしょうか？」

ジェラルドが見上げると、彼は先ほど作業机に置いたものを手にして差し出した。

「もしよろしければ……これを……」

「羽……これは……ブローチですか？」

ジェラルドは不思議そうに差し出されたブローチを受け取った。

「これ、俺が作ったものなんです。エレオノーラ様にお渡ししたものとは天と地ほどの差がありますけど、安い石の割には見栄えよくできて、魔導具としての効果もちゃんとあります」

「これをきみが？　すごいです」

羽根の付け根の所に薄青の石があるブローチだ。確かにエレオノーラが受け取ったものと比べれば拙い出来だが、言われなければ子どもが作ったとは思えないすばらしい出来映えだ。

「身を守る効果があるんで、よかったらジェラルド様にもらっていただきたいんです」

「えっ⁉　ぼくに⁉」

驚いたジェラルドは手にしたブローチから勢いよく顔を上げた。赤の他人でも分かりそうなほど、驚愕が表情に出ていた。

「はい。エレオノーラ様に贈れるほどのものはまだ作れないし。乱暴に扱っても大丈夫なんで、切られそうになっても一回ぐらいならはじいたり、落馬の衝撃を和らげてくれると思います」

ジェラルドは困ってレオンを見上げた。またしても目も向けられず姉として少し悲しい。

「せっかくだから受け取っておけ」

「…………」

ジェラルドは少し考えて頷いた。

「いまは持ち合わせがないので、後の支払いでいいですか？」

「あ、お代はいいです。売り物にできる品質じゃないんで、身を守るためにお使いください」

「こんなに立派なのに、売り物にできないんですか？」

「これをオルブラの正規品だと思われたら困るんで」

高級品には見えないが、十分売り物にできるように見える。魔導具だからかなり高価なはずだ。しかしそれを決めるのは職人達だ。

「それでも、支払います。技術者にお金を払わないのはよくないって、母に習いました」

「確かによくないが、こういう場合はもらっておいてもいいんだぞ」

レオンが苦笑しながら言う。

「君の母君は、なんでもタダで手に入れようって奴が多くて嫌なんだろうな。だけどこれは、おまえが怪我(けが)をしないようにって親切でくれるんだ」

「しんせつ」

「それはクロードやエラへの感謝をジェリーに返しているんだ。彼の心からの感謝の印だから、気に入ったなら受け取るのが礼儀だ」

「れいぎ」

不思議そうに呟(つぶや)いた。

「もし感謝するなら、それをどこで手に入れたか聞かれた時、彼の名前を伝えればいい。いつか彼が正規品と認められる品を作れるようになった時、依頼するのが楽しみだって」

エレオノーラの弟が実用でつけているブローチなど、何かあると言っているようなものだ。彼がもう少し大きくなれば、誰かしらに聞かれることになるはずだ。

「そうよ。アンジェに贈っているのも、お友達に自慢してもらうためよ。わたしがここにいるのはみんな知っているみたいだから、話題になるでしょう」

それはエレオノーラが塔に入って自分で貯(た)めた財産から買ってもらったものだが、話題になってもらって損はない。子どもの習作でこれなら、正規品はどれほどのものかと期待が膨らむ。

「そうです。それまでには腕を上げておきますんで」

将来はいい職人になるだろう少年は、力強く頷いた。

「戦争が終わってようやく武器のための加工じゃなくて、綺麗な装飾品を作れるようになったんです。母もエレオノーラ様のような美人を飾るための綺麗なものを作れるって喜んでたから、俺も嬉しいんです」

「姉さまに作るのが嬉しいんですか？」

「もちろんです。美女と名高い自慢の領主様に、自分の作った宝飾品を身につけていただけたら嬉しいに決まってるじゃないですか」

彼が力説すると、ジェラルドは頷いた。

「エラ姉さまは、やっぱり美人だよね！」

「え？　そんなの当たり前じゃないですか。エレオノーラ様を美人でないなんて言う人がいたら目が腐ってますよ」

「ぼくもそう思う。ひさしぶりに姉さまと会って、綺麗でびっくりしちゃった」

実家でひどいことを吹き込む者がいたのだと想像がつくため、頬がこわばった。

(弟に綺麗だと思ってもらえているのは、嬉しいんだけど)

他の男にどう思われようとかまわないが、素直で可愛らしい弟に否定されたら立ち直れないから嬉しい。しかし、綺麗だとあちこちで触れ回られたら恥ずかしいから悩ましい。

「ジェラルド様も、とってもおキレイです」

「ええ、エレオノーラ様と同じ髪と同じ色の瞳がステキです」

様子をうかがっていた少女達が頬を抑えて口を挟む。今まで空気を読んで黙っていたのだ。

「よかったな、エラ。きっと戻ったら、エラはキレイだったと皆に訂正してくれる」

レオンが耳元で囁いた。

「してもらう必要はありません。嫌味な人は嫌味なままでいいんです。手のひらを返したことがない人達だけに理解してもらえればいいんです」

エレオノーラは許す気はないのだから。

「エラらしいな。まあ、許してやる必要も証明してやる必要もない。アンジェは姉が痩せて美人に成長していると伝えているはずなのに、ジェリーがこの反応をするぐらいだからろくでもないんだろう。思春期の女の子なんて一年もあれば別人のように綺麗になるのは珍しくないのに、残念な連中だ。こういうことは、赤の他人の方がちゃんと理解してくれる」

最後の方の言葉は、自分に重ねたような呟きだった。彼も他人に身内より評価された人なのだ。

アンジェリカはレオンが言う通り訂正していたはずだ。特に自分の腹が出ているのに馬鹿にしていた男達には腹を立てていた。

「レオン様のような方がいるから、悔しくともなんともありません」

彼は最初から優しかったし、姉妹について理解していた。仲が悪いと思い込んで、仲違(なかたが)いを後押しするような者達もいたから、なおさら彼を気に入った。身内と違って二人を見る頻度も少なかったのだから、彼が特別聡(さと)いだけではなく、ちゃんと見てくれていたのだと分かる。

「ほんと、あのじじいども、子どもにろくでもないことを吹き込むよな。子どものうちにそういうの覚えたら、ろくな男にならないっつーのに。レオン様ぐらい全肯定するぐらいの方がモテるって知らないのかね」

ニックがため息をついて言う。ジェラルドはもらったブローチを大切そうにハンカチで包もうとし、女の子に襟元へつけてもらっていた。見える場所につけてもらうことを想定していなかったらしい作り手の少年が、キョロキョロと辺りを見回して挙動不審になる。

「ジェリー、似合っているわ」

「ほんとうですか？　うれしいです」

淡い青の石が使われた羽根のブローチは、大人になっても場所を選べば使えるだろう。こういう贈り物を当たり前だと思わないよう、しかし過剰に意識しすぎないよう教えるのは屋敷に戻ってからでいい。

その時だった。

「ヴァレルさん！」

工房に初老の男が店に駆け込んできた。

「どうした？　何か問題が？」

「オルブラの魔術師がっ」

　オルブラから来た皆に緊張が走った。ここでは爆発するようなことはしていないはずだが、爆発以外に何が起こるのだろうと身構える。

「追加の、材料？　を持ってきたとかでやってきて」

　それを聞いた瞬間、皆が肩の力を抜いて安堵した。恐れたような問題は起きていなかった。

「それと、一緒に来た貴人がレオン王子をお探しでして」

　貴人という魔術師達には当てはまらなそうな単語に、皆は再び緊張する。

「……探されているようだし、俺は少し屋敷に戻っているよ。エラはこのままジェリーと見学していてくれ。まだ君たちを案内したい子達が残っているからな」

　疑似家族気分を味わっていたレオンは、苦渋の選択とばかりの悔しげな顔をしてエレオノーラの肩に手を置いた。面倒くさいと顔に出ている彼を見るのは珍しい。

「ウィルと何人か、悪いがついてきてくれ。残りは引き続きエラの護衛だ」

　面倒くさくても『貴人』という言葉への引っかかりは無視できず、レオンは慌ただしく指示を出して店を出た。しかし外に出て屋敷の方へと身体を向けたところで彼は動きを止めた。

「は？　テオ!?」

　聞き覚えのある名前に、皆も今度は露骨に肩の力を抜いた。

「なーんだ。テオ様か。緊張して損した」

騎士達にとっては馴染み深い隣国ガエラスの王子の名は、貴人への対応をしようという気になるものではなかったらしい。


黒髪の青年、ガエラスの王子であるテオは、店内を見てそれはもう楽しんだ。

初対面の時はもっと庶民的な服装だったが、今日は一目で上等だと分かる服装だ。薄手とはいえジャケットを着て、いかにも貴人らしい立ち居振る舞い。エレオノーラ達は上着を脱いで楽な格好をしているから、正しい客人とはこうなのだと思い出す。

ただし、正しいのは服装だけだ。

「うわぁ、さすがドゥルス。こんな上質な石、なかなか売ってないよ」

彼はジェラルドがつけているブローチを見て目を輝かせた。

「そりゃあ、ここで買い物できるのは身分が確かな者だけだからな」

「僕はしっかりしてるから問題ないだろう？　ああ、なんて繊細。石の力を損ねることなく、美しさまで保っている。ただの宝石研磨とは違うから職人が育ちにくいんだ。贅沢に練習に使える特権だなぁ」

ジェラルドは感慨深げにブローチに触れた。

「僕は器用な方だけど、やり直せない作業が苦手でね。これは君が作ったのかい？　若いのにいい腕をしているね。こんな若手が育っているなら、将来は安泰だ」

よほど興奮しているのか、言葉が止まらない。

「オルブラの大型装置もいいけど、こういう基本を詰め込んだような小さなのもいいなぁ」

「そろそろ大人しくしろ、変質者みたいだぞ」

「変質者っていくらなんでもひどくない？」

テオは驚いて目を見開いた。

「ひどくないだろ。子ども達が呆れてる。見ろ、ジェラルドの珍獣を観察するような目を」

先ほどまで『楽しい』『嬉しい』がわずかに表情に出ていたジェラルドの目が、今は観察するものになっていた。動物の生態を観察するように見ていた時と同じ目だ。

「だって、珍しいんだもん」

「もんじゃない。知性どこにいった。おまえから知性を取ったら何も残らないぞ」

辛辣な言葉を浴びせるレオン。ニックに対する態度と似ているので、ジェラルドは気にしている様子はない。

「というか、なんでおまえがいるんだ？」

「オルブラに遊びに来たらいなかったから、荷物を運ぶ馬車に同行させてもらったんだ。で、魔術師達に機密だからって追い出されたから、レオンを探しつつ観光を」

テオの護衛らしき武装した男性は、申し訳なさそうに頭を下げた。身分の高い自由人の護衛は苦労しそうだ。

「護衛も一人だけだし、役人達が困惑してただろ」

「オルブラに置いてきただけだよ。大人数では押しかけにくいじゃないか」

「押しかけるなよ」

「あんな面白そうなもの、結果だけでも見ない手はないだろ。オルブラの研究者達は、うちの国と違って清々(すがすが)しいから大好きなんだ」

魔術師達の思考が平和な場所は少ない。平和のために作った技術で兵器ばかり作られた闇(やみ)の部分を知る彼が言うと、ジュナ達の研究環境は恵まれているのだと実感する。

人が死んで当たり前の研究を知っている彼にとって、不安もない楽しいだけの謎(なぞ)の装置に胸を高ぶらせ、口と足が軽くなるのも無理はない。

「そういえば公園で祭りの準備をしていたけど、何があるんだい？」

「祭り？」

「あっ！」

レオンが首を傾(かし)げると、子ども達が揃って声を出した。

彼らの目を見ると、どうして言うんだとばかりに悔しげで、内緒にしていたのだと察することができた。それで職人の母親が集まって料理をしているのは、そのためだったと気づく。

「おや？　言ってはだめだった？　ごめんね」

テオは子ども達の非難の視線を受け、気まずげに首を傾げた。


「あ、いい匂い」

ニックがすんすんと鼻を鳴らして美味しそうな香りを楽しむ。匂いのもとは、公園の隅でかき混ぜられる鍋（なべ）だというのは一目瞭然（りょうぜん）だ。

人は公園だけでなく、続いている屋敷にも出入りしていた。主に女性なので、料理を作っているようだ。

「人がこんなに」

ジェラルドが驚いて公園を見回す。公園なのに大人ばかりで、子どもがほとんどいない。

「これは……祭りがあると思うのも無理ないわね」

この光景を見て、客をもてなすための準備だとは思いつかない。ジェラルドが人がたくさんいるとしか思わないのは、母がこういう光景を見せなかったからだ。故郷の祭りは酔っ払いが多く、あまり見せたくない光景だ。

「ドゥルスでは客人の歓迎で集まって料理を作る習慣があるんですよ。ここまで大事になるのは滅多にありませんが」

と、ヴァレルが教えてくれた。

「公園が屋敷のホールに続いているのは、このためです。誰かが使わなければ意味がないと市民に開放しているので、何かあるとこうして集まって宴会をします」

「開放……自由に出入りできるんですか？」

「もちろん使用するには許可がいりますので、完全に出入り自由ではありませんよ」

「なるほど。確かに使わない場所なら、市民の要望で貸し出すのは合理的ですね。雨が降っても屋根があれば遊べますし」

屋敷の前に公園があるのだから、この制度を作った人物は子ども好きだったに違いない。

「いえ、さすがに遊び場にはしていませんよ」

「そうなんですか？　せっかく公園が前にあるのにもったいない」

エレオノーラが言うと、ヴァレルが苦笑する。

「市民が出入りするのだけでも顔をしかめるような貴族も多いのに、子どもが泥で汚してもいいとおっしゃるなんて、我々はなんと幸運なのでしょう」

確かに立派なホールが泥だらけになるのは問題がありそうだ。

「汚れるのは確かによくないわね。靴を履き替えるか、掃除をすればいいんじゃないかしら。

ここを作った人が子ども好きじゃなければこんなふうにはしないと思うし、遊ばせてあげるのは禁じるべきじゃないでしょ」

最初にこの形式を作った人物の意図を汲むなら、そうするべきだろう。

「確かに、子どもが好きでなければこうはなりませんね」

ヴァレルはにっこり微笑み、公園へ足を踏み入れる。その後を子ども達がついていき、ヴァレルにまとわりつく。

「レオン様、こんな裕福な都市なのにヴァレルさんは気さくですよね。出会った時はもっと警戒心が強い方だと思っていました」

エレオノーラは子ども達をぞんざいに扱いながらも可愛がる彼を見てレオンに囁いた。

「彼は内と外では態度が違うようだね。本当に外部から来た商人には、見た目から想像できるような態度で接するよ。エラは身内として受け入れられているんだろうね」

「それほど話したことがないのにですか？」

「自分の屋敷に市民が出入りして機嫌を損ねないどころか、子どもを遊ばせようとする人に警戒しても意味ないだろう。君は最初から子ども達が遊ぶ声に肯定的だったからな」

警戒されるより、身内として受け入れてくれた方が気が楽だ。彼はまだ若いから、次に代替わりするのはずっと先で、人間関係に悩む必要がなさそうで気楽だ。彼が代替わりする頃には、エレオノーラも引退しているかもしれないのだ。

そこまで考えて、後を継がせる相手がいるという意味を思い出し、首を横に振った。レオンがきょとんとしてエレオノーラを見ているので、焦りを押し殺して公園を眺めた。

「ジェリー、おまえも行ってこい。もちろん敷地内からは出るなよ。誰かが怪我をしたとか、不審者がいるとかがあったら、近くにいる知ってる大人に知らせろ」

「うん。出ないし、知らせるね」

ジェラルドはニックに背を押されて、子ども達を追っていく。

「ニックめ、兄ぶりやがって」

出遅れたレオンは、忌々しげにニックを睨み付けた。

「レオン……あの手の顔の子が可愛いのは仕方ないけど、本当の親戚のお兄さんと、兄として張り合うのはどうかと思うよ？」

そのやりとりを見てテオが呆れて言う。しごくまっとうな他人の意見に、レオンは悔しげに顔をしかめた。

ジェラルドは『子どもらしさ』とは何だろうと考えた。

次姉のアンジェリカはそれがないジェラルドを心配し、社会勉強として身内の若い騎士達に託して長姉の元へ行かせたようだ。長姉のエレオノーラはそんな次姉に賛同して、普通の子どもらしい体験を教えようとしている。

そうしろと直接言われたわけではないが、たまに聞こえる言葉で姉達の考えは予想できた。心配された意味は子どもと接して、自分が何も知らなかったことを実感して理解できた。人は遊びを通し人付き合いを学ぶと本に書いてあったが、実感できた。

面倒見がよくて慕われている子ども、教え上手で信頼されている子ども、目立たないがさりげなく気遣っている子ども。

早く大人になりたいから大人を見習えばいいと思っていたのに、子ども相手でも見習うべきことがたくさんあって驚いた。

そしてジェラルドが大人びていると言われる理由も理解できた。話が合うのは少し年上の子どもだった。本当の同年代の子どもはずいぶん幼く思えた。しかし幼くとも、ジェラルドが知らないことを知っているのは確かで、母が言うような意味のない接触だとは思えない。

エレオノーラが言うには、この周辺の子ども達は戦争があったせいで大人びているから、故郷の子ども達とは少し違うらしい。

母は愚かな子どもとは接触しないでいいと言っていた。早く大きくなって欲しいから、質の高い人と話すべきだと思っていたようだ。だが、偏った人付き合いはよくないと、ここに来て理解した。色々な人を知らなければ、大切なことを見誤りそうだと思った。

エレオノーラについても、周囲から教えられたことは本当ではなかった。大人達は彼女を怠け者で、目つきの悪いブスと言っていたが、まったく違っていた。

鋭いが思慮深い印象を受ける知的な目元だった。黙っていれば、強く気高い美女だった。魔力を感じ取れる者なら、彼女を見て驚かない者はいない。抑えているのに、溢れそうになっているのが分かる。魔力で体調を崩してしまうと言われて納得してしまったほどだ。

だけど口を開くと厳しくはない、穏やかで優しい人だった。優しげに見えるアンジェリカの方がよほどきつい性格をしている。子ども達に慕われて、彼女に反発しそうな大人の男も慕っている。心から感謝して、敬っているのだ。

女の子が大人の男に侮られるのは、アンジェリカが嫌というほど教えてくれた。だがここに住む人々はエレオノーラをとても大切にしている。

エレオノーラはオルブラの人々に利用されているだけだと言っていた故郷の大人達の方が、よほどエレオノーラを利用しようという下心があった。

だからアンジェリカの悪口交じりの賞賛の言葉が一番正しかった。彼女は姉を昔はまん丸だったと言っても、悪くは言わなかった。ジェラルドがこのまま中性的な大人になったら姉に似て、男っぽく育ったら父に似ると言っていたのだ。

母が一部の大人たちを嫌って接触させたがらなかったのも、そのせいだと分かる。娘を悪く言う相手を信じられなくなるのは当たり前だ。

悪口を言っていない人達も母に疑われてしまっているのは少し残念だが、それだけたくさん嫌な言葉が聞こえるから仕方ないのだ。身内も、民も、嫌なことを言う大人がいたから、他の人も怪しく見えるのは仕方がない。

大人がそうだから、子ども達も真に受けて、嫌なことを言っていた。それを知っているから、ジェラルドは母の言う通り彼らに近づこうとは思わなかった。

ここの人々は姉に対して嫌なことを言わないから、一緒にいて楽しかった。

クロードとエレオノーラを慕い、身内であるというだけでジェラルドまで敬ってくれる人々には親近感を持った。大好きな人を大好きな人達を、好きにならないはずがないのだ。

よその人々を知らなければ、そんなことも分からなかった。そして彼らを見て理解したことがある。

子ども達は、よくも悪くも大人達に聞かされた言葉に影響を受けるのだ。

ジェラルドは母と姉の言葉を聞いていたから、エレオノーラが感情を表に出さないが感情豊かな人だと知っていた。彼女は小鳥たちを愛でる時は楽しそうだし、ジェラルドのためにどうすればいいか真剣に考えてくれて、ジェラルドが新しい発見をすると唇を緩めて嬉しそうにする。レオンと一緒にいると少し緊張しながらも幸せそうだ。緊張しているのは、レオンがよく彼女に触れるからだ。好きな人に触れられると緊張すると本に書いてあったから、エレオノーラはレオンが大好きなのだ。好きでないなら、アンジェリカのように嫌な顔をするはずだ。

だから地元の子ども達までエレオノーラを悪く言うのは、母が考えていたように大人達が悪いようだ。感謝されるような出来事があるかないかも大きいが、それを許す空気があるかないかも大きいように感じた。誰も叱られなければ、許されていると思うのだ。

(父さまがいたら、そんなことはなかったのかな)

父はいかにも厳しくて、悪く言うような人がいれば一睨みして黙らせていたらしい。アンジェリカも、父は見た目だけは威厳があったと言っていた。

ジェラルドはそんなふうになれる気がしなかった。本当ならジェラルドを育ててくれるはずだった人だと思うと、育ててもらえなかったのが残念だ。

もっと早く生まれていれば、アンジェリカに失礼なことを言う男達も自分の力で追い払えたのに、子どもだからと侮られた。頼りになったのはクロードを慕っていた近しい大人の男達だ。そんな中にもエレオノーラを悪く言う人がいるから、人間は複雑だ。

「この鍋の肉は、オレのとうちゃんが狩ってきた鹿なんだ」

「鍋はひいじいちゃんが作って、ずっと使ってるんだ」

子ども達が家族の仕事を誇って紹介してくれる。先ほど職人の家を回った時も、子ども達は家族の仕事が誇らしげだった。

それに比べて、ジェラルドは言葉にして誇れるほど父のことを知らない。家族から聞いた父と、父が育てた作品とも言える若い騎士達から聞いたことしか分からない。

「聞きたいことがあるんだけど、いいですか？」

ジェラルドは誰にともなく尋ねた。

「もちろん」

「わかることだったら」

「これだけいれば、誰か答えられるだろ」

彼らはバラバラに頷いた。オルブラの子ども達よりも少し距離が近いが、オルブラの子ども達と同じように親切だった。

「ぼくの父さまのこと。ここで何をしていたとか、知っていることがあったら教えてください」

彼らはぴたりとおしゃべりをやめて、はっとした。

「エラ姉さまのことはオルブラの子達にたくさん聞いたけど、父さまは色んな所に行っていたから、みんなから話を聞きたいんです」

「……そっか。そうだよな。覚えてないよな……」

そう呟いたのは、鍛冶屋のところの少年だ。

「だったら、木こりのじいちゃんに聞こう。山を管理してる人で、騎士様を案内したりして、一番よく知ってるから。さっき見たから……あ、いた」

好き好きに自分達の話をするのかと思えば、手を引かれて皆で同じ方へと向かった。

彼らは大人達を尊敬して、信じている。故郷でも、こんな関係はあるのだろう。

全員が嫌なことを言っているわけではない。人間というのは嫌な言葉はよく聞こえ、そればかり気にしていたら、いい言葉を聞き逃して全員が敵になるとアンジェリカが言っていた。

それがどの程度聞こえやすくて、聞こえにくいのか、確かめてみなければ分からない。

(確かめるためには、ぼくはもっと知って、大きくならないと)

何も知らないと訂正できないし、訂正するには幼いほど不利だ。ここの子ども達でも大人と話すのは年長者だ。子どもの言うことを聞いてくれるのは、身内と親切な人と子どもだけだ。

だが子どもと仲良くなれば、子どもの身内経由で話を聞けるし、伝えられる。仲良くなるには好意が必要だ。しかし子どもの中にも上下はある。地元の子どもの中でぐらい上に立てなければ、大人に聞かせるのは難しい。

ただの子どもには、姉を守ることすらできないのだ。

「あと、レオンさまのことも教えてください」

「レオン様？」

直接聞ける相手のことを教えてもらおうとするのに、疑問を持つのは当然だ。

「父さまの一番弟子だった、レオンさまみたいになりたいから」

現在目指すべきは彼だろう。

アンジェリカも大好きだったという彼は、優しげだが威厳もあり好感が持てた。

父より働き者で、父を慕って、部下に慕われている人。身分があったとはいえ幼いうちにクロードを見つけて、取り込んだ人を見る目とその手腕。

故郷でも皆が彼の強さと賢さを褒めていた。彼に優しくされた女の子は、みんな彼に好感を持ったとアンジェリカが言っていた。彼は相手を見て相手に合った優しさをくれたから、分かってくれていると感じて好きになってしまうのだという。血筋や見た目のよさだけではそうはならない。実際に一緒に居て、その評価の正しさは身をもって知った。

近づくことが不可能ではない、いいお手本だ。

「わかる。レオン様って王子様なのと顔抜きでも格好いいもんな」

「レオン様じゃなかったら、エレオノーラ様の婚約者になるのは許せなかったもん」

彼らはレオンではなく、エレオノーラを中心に考えている。故郷の大人達のように、レオンはエレオノーラを利用しているとか、レオンがいてくれることを感謝すべきだとか言わない。

悪意のない、ジェラルドが理想とする関係だった。

そのレオンは今、エレオノーラに群がる大人の男達を捌いている。群がる大人達に悪意がないため、乱暴にならないよう上手く動かしている。おかげでエレオノーラは涼しい顔で民と話ができている。

「はい。母さまがエラ姉さまのことを心配しなくてすむのは、レオンさまがお側にいてくれるからです。レオンさまは姉さまの体調を気遣ってくれるので好きです」

頑固な母が手紙のやりとりで我慢するほど、彼には信頼があるのだ。それがすごいことであるのは息子であるジェラルドだからこそよく分かる。実家にいる他の親類の男達はちゃんとアンジェリカに直接求婚に来た男達を追い返しているのに、そこまで信頼されていない。

「そうでしょう。レオン様は本当に色々してくれてすごいんですよ。政治的なこととか、レオン様がいてくれて助かってるってヴァレルさんが言ってました」

「国とのやりとりなんて、そりゃどうすればいいのかわかんないもんな。いなかったら大人はもっと大変だったと思う。レオン様を掴(つか)まえてるエレオノーラ様はすごいよなぁ」

彼らは結局エレオノーラを賛美した。

「そういうことも大人になる前に勉強したいんです」

「きっとレオン様なら手取り足取り教えてくれますよ。ジェラルド様に甘いもん」

ジェラルドが頼れば彼は喜んで教えてくれるはずだ。彼は姉に似たジェラルドにとても甘い。

「でも、ぼくは姉さまに似ているから……レオン様はぼくに甘すぎるんです……」

いいことでもあるが、不安でもある。山登りの時も、転ばないように気遣って近くにいてくれた。剣術は危ないからとなかなか習わせてもらえないということもある。

「ああ……それは、確かにレオン様も厳しくとかしにくいだろうな」

「でも訓練とかなら厳しくしてくれるんじゃないですか？　レオン様の立場なら、自分がクロード様に教わったことを、教えてあげたいって思ってますよ」

魔術について、早めに基礎を習うように言ってくれたのを思い出す。

（なるほど。父さまがしたぐらいは厳しくしてもらえるかもしれないのか……エラ姉さまが剣を用意してくれるなら、それまでに基礎を固めたいって）

自分では考えつかなかったあり得そうな答えに、他人の視線の大切さを実感した。

こうして一歩引いて他人への態度を見たり、他人からの評価を聞くと、いつもの自分の視線とは別の姿が見えてくる。

見たくて、知りたくて、本から学ぶことしかできなかった自分を大きくするための道筋。

目指すべき自分の姿と、民の姿。もし故郷がこのような関係になれれば、姉達を悪く言う者はいなかっただろう。

だからアンジェリカを守れるように少しでも大きく、強くなりたい。エレオノーラにはレオンがいるからいいが、アンジェリカにはいないのだ。だから長男であるジェラルドが、彼女を守れるようにならなければいけないのだ。

エレオノーラは、弟が子ども達とどのように遊ぶのか見たかっただけだった。

なのに、気づけばまた男達に囲まれていた。

「お目にかかれて光栄です」

「遠くから挨拶させていただいたことはありますが、近くで見るとますますお美しい」

「エレオノーラ様の黄金のような御髪をさらに輝かせる髪飾りがあるのですが」

挨拶をされたり物をくれようとしたりしているが、相変わらず騒がしくて何を言っているのか分からない。話が広まったため、昨日よりも人が多い。

「こらこら触れようとするな。とりあえず並べ」

レオンはエレオノーラの手に触れようとする手を叩き落とし、引きつった笑みを浮かべて命令した。

「皆さん、取り囲むのは失礼ですよ。感謝を伝えたいのは分かりますが、控えてください」

加えてヴァレルがきつく言うと、準備をしていた女達がやってきて、男達を引っ張って引き剥がす。

そんなわけでエレオノーラは囲まれた状態から、目の前に列ができた昨日の状態に戻った。

「騒がしくてごめんなさいね。話は適当に聞き流しながら料理を楽しんでくださいな」

列を気にせず、女性達が椅子と机を用意して、次々と料理を運んでくれる。

「こちら、昼から煮込んだ鹿肉の煮込みです」

「あ、待って。魔術師の女性から、薬を預かっていたでしょう。食前に飲んでいただくって」

「ええ。そうだったわ。そういえばパンも一緒に渡されたけど」

「そのパンにも薬が練り込まれているから持って来て。暖めると食べにくいから、そのままでいいわ」

余計な手間をかけてしまわないよう、慌てて指示を出す。エレオノーラの薬は魔力の流れを整えるもので、とても苦いため苦みを抑える工夫が必要なのだ。

「承知しました。少々お待ちくださいね」

女達はテキパキと行動する。

いつも料理人のシェリーに食べやすくしてもらっている薬は、普通に薬として飲むと苦くて飲めたものではない。だがシェリー以外では苦みを引き出してしまうから、煎じると苦い薬草をパンにしてもらっているのだ。そうするとずいぶん食べやすくなるのである。煮込み料理は味が濃そうだから、こういったものに浸して食べると苦ではない。

「そうだ。せっかく歓迎の料理を作ってもらったんだから、持ってきたワインでも出すか」

レオンの提案に酒が好きな者はわっと盛り上がる。反対する間もなく決まったようなものだが、反対する理由もないので頷いた。

ちらりと周囲を見回すと、ジェラルドは子ども達に囲まれてエレオノーラを見ていた。子ども達と何か話して頷き合っている。

(何を話してるのかしら？　酒を前にした大人達のだめ具合かしら？)

周りの子が気を使ってくれているのもあるが、ジェラルドは人見知りということはなさそうだ。無邪気に笑うことはできなくても、姉と父が無邪気に笑ったりできなくてもなんとかなっているので、人見知りさえしなければ彼もどうにかなるはずだ。

エレオノーラは出された食事を楽しみながら、話しかけてきた人々と会話を楽しむ。

列を作った人々は色々くれようとする。あまり高価なものは断ったが、それ以外は受け取った。高価なものを贈ろうとするのは、それを作っている職人か、たまたまよそから来ていた商人だ。前者は恩返しの意味が大きいが、後者は下心で受け取ると後が面倒である。

エレオノーラはただの果実水を、さも酒でも入っているかのような雰囲気で飲む。爽やかな香りが口の中の肉の匂いを相殺する。

故郷では身体が弱かったのもあり、こうやって人々が飲み食いするような行事に参加したことがあまりなく、遠くから見ているだけだったので新鮮だ。

そう言うと、世話を焼いてくれる皆は大げさに驚き、悲しんだ。

「まあ、ワインの産地なら、さぞ楽しい祭りがあったでしょうに、参加できなかったなんてお可哀想（かわいそう）に」

「男達がとんでもなく酔っ払うから、祭事が終わったら若い女と子どもは家の中に引っ込むから、そうでもありません」

子どもが参加する地域もあるかもしれないが、先祖が高潔な英雄と名高い家系なため、子どもを酔っ払いの大人と一緒にしておくのを許さなかったらしい。何かあったのだろうと言われているが、記録があるわけではないから藪の中だ。

「ご馳走もあったでしょうに」

「ご馳走は食べられましたよ。子どもは子どもで集まっていたみたいです。弟はまだそれに加わったことがなかったから、実家の祭りに参加した時、想像と違ってがっかりしないか心配です。今、とても楽しそうだから」

　連れ回されているだけにも見えるが、興味深そうに料理や人を見ているから、嫌がってはいない。自分から積極的に話しかけている。何を話しているかは分からないが、聞き入っているからためになっているのだ。

　最初は弟をどうすべきか困ったが、こうして成長している姿を見ると嬉しい。エレオノーラが人々に尊敬の目を向けられる姿を見て尊敬してくれるのも可愛い。レオンばかり頼るのは少し悔しいが、男同士の方が気楽なのは仕方ない。

「うちの子達もジェラルド様に付き合っていただけて喜んでますよ。貴族のご子息なのに、真剣に聞いてくれるって、ドゥルスの歴史を勉強し直してくれたんです」

「そうですか。あの子は本が好きで、知らないことを知るのが楽しいようです」

　本に書いてあったことを確認するのも楽しげだが、知らないことを知るのも楽しいようだ。

　エレオノーラは知らなくても生活に支障がないならまったく気にならないから、似ているのは見た目だけでほっとした。

妹に報告できるように、しっかりと様子を見ておかねばならない。彼女は何がどう楽しそうだったか、細かいことを知りたがるはずだ。それをちゃんと伝えられなければ、『あんな親切な手紙の意図を汲めないなんて、その頭は飾りなの？』などと馬鹿にされても仕方ない。

「知的好奇心があるのは素晴らしいことだね」

「テオみたいな好奇心の塊になったらそれはそれで困るんだがな。勉強が好きなのはこれから教えていく方としてはありがたいが」

レオンとテオがドゥルスの酒を飲みながら語り合う。薬草酒の一種で、癖はあるが果汁と合わせると美味しいのだ。その様子を見て地元の人々は喜んだ。珍しい酒もいいが、自分達が普段飲み食いする物を王子二人が気に入ってくれて嬉しいらしい。

「僕をたぶらかしたのはレオンだろう。あの子はこのまま素直に育つといいね」

「悪い大人については教えないといけないがな。現在進行形で嫌な大人が集っているのが悩みのようだ。俺が側に置いて問題のない若手を引き抜いてしまったから、その辺りもどうにかしないと。エラの妹を狙っている奴もいるらしい」

「それは心配だね。妹さんもだけど、未亡人も狙われないかい？」

「それは大丈夫だ。彼女はクロードに惚れていたし、今はハリネズミのように男を警戒している。その上、護衛についているのはクロードの師で、彼女も彼らだけは信頼している」

「なるほど。そういう意味ではさすがに安心だね」

「ああ。出かける前にリストの写しを送ったから、しばらくすれば数が減るはずだ。それで全滅することはないだろうが、動きがあれば追って対処する」

　母が手紙に苦情を書くほど、面倒な男達に集られているらしい。レオンが手を回しても、効果が出るまでに時間がかかるため、しばらくは緊張が続きそうだ。

　しかしエレオノーラにできることは無事を祈ることしかない。だから遠くの難事より、目の前の些事(さじ)に集中すべきだ。

「エレオノーラ様の魔力の輝きを遠目に見た時は、これほど神に愛された者がいたのかと驚きました。きっと素朴な可愛らしい方だと思っていましたが、これほど神々しい美女だとは」

「ええ、ええ。期待を裏切らず、予想だけを裏切られました」

　挨拶をしにきた市民の声を頑張って聞き取って、適切な返事を考えねばならないのだ。

「そう見えるのなら、嬉しいです。噂(うわさ)と違うと客人に侮られますからね」

「エレオノーラ様のようなお方なら、むしろ相手が圧倒されてしまうでしょう」

　エレオノーラの理想とする可愛らしさは、その素朴な方なのだが、彼らはそれを知らない。

　重厚とか厳かとかが似合うのは、自分を大きく見せることには役立っているから文句は言えないが、なれるのなら彼らの予想通りの透明感のある愛らしい少女でいたかった。少なくとも、圧倒できるような雰囲気ではなく、どちらにでもなれる程度の普通がよかった。

　などと苦々しく考えていると、少年が一人やってきてエレオノーラの袖(そで)を引いた。鍛冶屋の少年だ。

「あ、あの。お話し中に申し訳ありません」

「あら、ひょっとしてジェラルドに何か頼まれたの？」

彼はこくりと頷く。あまり大きな声では言いたくなさそうだったので、耳を寄せる。すると彼は顔を寄せて、エレオノーラの耳元に手を当てて囁いた。

「ジェラルド様が、変な人がいるって」

変な人、と心の中で呟いた。

酔っ払いでもいるのだろうと普通なら思ってしまうところだが、言っているのはジェラルドとこの少年だ。ただの酔っ払いなら区別が付くし、地元の人なら彼は『変な人』の報告などしない。そしてジェラルドはアンジェリカが育てたのだ。

アンジェリカは子どもの頃に失敗してから、人をよく観察するようになった。観察力はエレオノーラより高く、そういった知識を弟に教えていないはずもない。

「そう……いいわ。ウィルさん、ちょっとお願いしてもいいかしら」

レオンの幼なじみであり、右腕である青年に声を掛けると、彼は快く頷いた。

この人選でレオンの眉がわずかに跳ねる。幼い頃から命を狙われることもあったレオンと一緒にいた彼は、他の誰よりも不審者に敏感なのだ。

「この子達が聞きたいことがあるそうなの。ニックお兄様じゃあ不安だから、ぜひ教えてあげてください」

「私でよければなんなりと」

人のよい笑みを浮かべて、騎士達の中でも頭がよさそうな雰囲気の彼は少年に連れられてレオンの側を離れる。レオンはエレオノーラの耳元に口を寄せて、微笑みながら問う。

「何かあった？」

「ジェリーが『変な人』がいるって」

「しょうがないな」

わがままを聞き入れたかのようにくすりと笑い、他の騎士に視線をやる。察した彼らは気づかれないよう動いた。自然な動きで一部の騎士が大きく動いて気配を強くし、離れる騎士から意識をそらせた。そして一部の騎士はごく自然に散っていく。

手品を見ているような気分だった。このやりとりを見て、目ざとい者は気づくだろうが、そういう察しのいい者は騒がない。

こちらを見ていたジェラルドも、それに気づいて真剣にレオンを見つめた後、怪しまれないように新しくできた友人達と談笑を再開した。

レオンは無言でその現場に足を踏み入れた。

目立つ服と髪も、闇に紛れる深い青のフードをかぶれば簡単に隠せてしまう。子どもの頃から闇に紛れるのは得意なのだ。

ジェラルドが見つけた『変な人』は、一見ただの商売に来た商人だった。怪しいものは扱っていない。欲しがったのも危険のない魔鉱石の粉だ。塗料や土に交ぜて工芸品を作るのによく使われるため、昔はよく仕入れにくる者がいたらしい。力が弱すぎて武器に使っても切れ味が上がった気がする程度の差しか出ないため、制限がまったくかからない。

しかし買えるなら制限がかかるような魔鉱石も欲しいだろう。

だから酔っ払った住人と親しくなろうとして、自分が持ち込んだ酒を飲ませようとしてもおかしくはない。どうすれば買えるのかを聞くなら、後ろめたいことも考えて自分の宿に招いてもおかしくはない。

問題なのが、誘い出された男はこの都市にいる数少ない鉱山についてよく知る者だったことだ。

それを知るよしもないよそから来た商人が偶然選ぶには、できすぎているとヴァレルも警戒し協力してくれた。

「うわぁ、本当にいた」

と言ったのは魔術で姿と気配を消したテオだ。かなり特殊で難しい術だが、彼は身を守るために工作員かと問いたくなるような術を身につけたらしい。王子であり、優秀すぎた研究者の身内であり、本人もその知識を引き継いだ研究者であるから、何かと身の危険を感じたのだ。

「ジェリーくんは将来有望だね」

　そう言いたくなるのも理解できる結果が目の前にある。指摘を受けなくても誰かは気づいたはずだが、気づくのが早かったため追跡も容易だった。

「貪欲（どんよく）に学ぼうとしているから、感度が高くなっていたんだろうな。職人達が多いから、誰がどんな理由でどう動くのか見ていたみたいだから」

　怪しんでではなく、学びたくてジェラルドは周囲をよく観察していた。周りにはドゥルスをよく知る子ども達がいたのもよかった。一緒に観察して怪しいんじゃないかと確認し合えた。

　そして追わせてみれば、ドゥルスを囲う城壁の外、森に潜む一団を発見できた。

　レオン達は彼らより少し高い斜面から彼らの背を見つめている。暗いので服装はわからないが、武装しているのは間違いない。

「なめられているな。戦時中は嫌というほどこの手の輩（やから）を捕まえていた俺達がいるのに」

「酒を飲んで油断してる今が好機って思ったんじゃない？」

　騎士達も飲んでいたから油断したのだ。しかし酔うほど飲んでいる者などいるはずもない。

「いかがいたしますか？　他にいないか調べてはいますが……」

　森に潜む彼らを見つけたのは『怪しい人』が向かった方向を調べた結果だ。仲間が他にいないとは思えないし、まったく関係ない場所にいたら見つけるのは難しい。

「ま、捕まえられるだけ捕まえればいい。俺は周囲を警戒するから、おまえ達であいつらを捕らえろ。『怪しい人』はもう少し泳がせて、市内にいる別の『怪しい人』を探せ」

他に誘拐されかねない者には護衛をつけさせた。魔宝石並みに価値のあるオルブラの魔術師もいるが、狙われていると知っていれば自分の身は自分で守れるから楽でいい。

「周囲に人の気配は他にないよ。小さな生き物の動きは感じるけど、大きい生き物はいない」

探査の魔術で周囲を探ったテオが言う。

大きな野生動物は、人間と区別が付きにくいのだ。狩りの獲物を探すには便利だが、人を探そうと思うと厄介なのだ。

引き続きテオは術を維持しながら、発見した『怪しい人』の一味らしき者達を捕縛するのを観察する。

「いいなぁ。僕も自由にできる部下が欲しい。両手の数とは言わなくても、片手の数ぐらい」

「その部下に内緒でついてきたくせに」

「あれは兄上がつけた見張りだ。誰とも繋がってない、誰にもチクらない部下が欲しいんだ」

それはガエラスの現王である彼の兄が許さないはずだ。悪名高かった前王を打ち倒したばかりの若い王は、数少ない自分の味方であり野心がないのに頭のいい弟に何かあってもらっては困るだろう。気ままに隣国に来るような男だが、研究者としても有能なのだ。しかも兵器ではなく、人々の暮らしがよくなるような研究を望んでいる、国民の受けがいい王子なのだ。どこぞで野垂れ死なれても困るから、手綱をつけておかなければ不安に違いない。

兄と対立しているレオンは、兄に求められている贅沢な立場をうらやましく思うものの、彼のもどかしい立場も理解できるから指摘はしない。

「さて、尋問は誰に任せるか……」

「僕の護衛を参加させてもらってもいいかな。ガエラス関係だったら問題だし」

「その間、ちゃんと大人しくしてるならいいぞ」

テオは肩をすくめた。念を押さなければ好きに観光をしていたのだろう。

「しかし、ジェリー君はよく怪しいって分かりましたよね」

二人の護衛として側にいるウィルが言う。

「街角に立ってるだけで指名手配犯を次々捕まえる賞金稼ぎに聞いたことあるけど、悪さをしようって奴はちょっとした動きが引っかかるらしいよ」

テオは探査魔術を使っているせいか、粘土をこねくり回すような動きをしながら言う。

「人生経験を積んでもいない子どもに分かるものですか？」

「さあ。エラさんの妹さんに、思った以上に悪い虫が寄って集って経験を積んだとか？」

そういえばと、ジェラルドの様子を思い出す。

エレオノーラに男達が集まってきた時、ジェラルドはその様子を見ていた。レオンが追い払って並ばせるとすぐに視線を子ども達に戻したが、あれはアンジェリカに重ねて心配した可能性があった。視線をそらしたということは、大丈夫だと判断したのだ。

「ニックの父君達がいるから安心していたが、やはり任せっきりは危ないか。金に目がくらむとどれだけ圧力を掛けても、危険を承知で動く馬鹿がいるから厄介なんだ」

「手っ取り早く、大量に身を守る魔導具を送っておけば？　話題の美女のためなら、圧力にめげない馬鹿っているし」

「それはもうやったが……追加したほうがいいな」

近くに居れば対処できるが、駆けつけられない距離にいる相手には、過剰なほどの気遣いをしても足りないほどだ。彼女を守っている騎士達は信じられるが、それでも四六時中ついて回るわけではない。気晴らしに一人で庭を歩きたいこともある。

周囲を警戒しながら話し込むうち、潜んでいた『怪しい人』達、全員の捕縛が完了した。後は自分がどんな立場か自覚の足りない責任者の油を絞り、ヴァレルにも皆に注意するよう言い聞かせなければならない。

「まだ他にも『怪しい人』一味がいるのかなぁ」

「いるんだろうな。今はドゥルスの警備が常識の範囲内だが、塔に『神の怒り』なんて魔術が組み込まれていたと知られたんだ。そのうちオルブラみたいに警備が厳しくなる前に、なんとかして宝を手に入れたいだろうな」

「そうだよね。ドゥルスには国を滅せるほどの『宝』が眠っているって有名だもんね。その上、魔術師が動いて、変な装置を山に置いてきて何かしている。その何かが完成したら、盗み出すのがますます困難になる――って焦るだろうね」

テオは捉えられた賊を眺めながら言う。

「確かに内情を知らなければ、盗みに入ったら神の怒りが降り注ぐかもしれないって不安になりますよね」

ウィルが空を見上げて言う。今は何もなくても、以前はここも膜で覆われていたのだ。

「それが簡単にできるなら戦争なんてもっと早く終わって……時間と潤沢な資金さえあれば作りそうなんだよな、あいつら」

今は発動時に大量の魔力が必要で、それはエレオノーラが倒れるほどだ。普通の警備で対処できていることには使わない最終手段である。しかし、それは今はまだという但し書きがつく程度の制限に思えてならないのだ。

「怖くて頼もしいねぇ。どんな方法でやってのけるんだろう」

テオは上機嫌に笑う。こういう時、彼も研究者だと思い知る。

「まあ、そこまで怖くない改造版はもうできているらしいんだが」

「そういえば、そのための資材搬入だっけ。早速役に立ちそうだね。わくわくするな」

徐々に機能を試していく予定だったが、危険のない範囲は一度に行うことになりそうだ。

それを見越して魔術師達は張り切っているに違いない。

自分達の正しさを世に知らしめるのは、彼らにとって神の名を唱えるようなものだからだ。

誘い出された男は、煙草(たばこ)でつられたらしい。『試してもらって、よかったら皆に宣伝して欲しい』『女性の前では何だから』と、連れ出されて誘拐されかけたのだ。

結果的に助かった男はヴァレルにガミガミと説教を受けているから、部外者であるレオンが口を挟むのは次があった時でいい、と言ってそれを見守っている。

「市民は全員無事を確認できたのね。よかったわ」

役人の報告を受けて、エレオノーラはほっとため息をついた。

互いを助け合う仕組みができているらしく、各地区の代表が自分の担当する住民がいるのを確認するのにそれほど時間はかからなかった。

レオン達が戻ってくるまで気が気でなかったが、被害がなくて安堵した。市民達もレオンが動いているのに気づいた者もいて、ピリピリしながら子ども達を見守っていた。

不安そうにしていた子ども達も、騎士達が賊を連れて戻ってきたのを見ると、安堵して互いを慰め合った。

「お説教ですんでよかったわね。おかげであたし達の作業も中断よ」

と言ったのは、白いローブを身に纏うジュナだ。彼女は不服そうに、しかしちゃっかりと料理を食べていた。

「子どもの頃に、怪しい人について行っちゃだめって習わなかったのかしら」

「はい。あんなあやしい人についていくから、みんなビックリしました。『嗜好品は頭を鈍らせるからほどほどに』って母さまが言ってましたけど、本当にこわいものなんですね」

いち早く気づいてくれたジェラルドが真顔で頷いた。あまりに理解に苦しむ行動に、本気で表情が抜け落ちている。子ども達もしきりに頷いている。子どもの頃の体験は後に響くから、彼らの何人かは酒すら飲まない大人になっても不思議ではない。

「ちび達は理解してるようで安心だわ。世の中、うまい話を持ちかける奴と、魅力的な異性には気をつけるのが常識なんだから。いざ自分達が誘惑される番になった時、忘れるんじゃないわよ。見返りを求めない魅力的な誘惑をする者は悪魔だと思って接しなさい」

「ただの親切な人だったら？」

「いい、本当に邪悪な存在は親切な振りをして近寄ってくるの。親切な赤の他人が持ち込むうまい話はだいたい地獄への招待状よ。落とし穴を掘って、それにかかった人を親切そうな顔で助けて懐に入り込むの。助けられた時には最低限のお礼はすべきだけど、助けてくれたからって信じすぎるのはよくないわ」

子ども達はいかにも賢そうな神聖な白いローブを身に纏う大人の女性に言われて、頷くことしかできない。

「ぼくが気づいた後すぐに見張りの騎士のおにいさんも怪しんでました。ウィルさんもすぐに人を動かしてくれて、たよりになりました。ぼくもあんなしっかりした大人になりたいです」

ジェラルドの言葉に、子ども達は深く頷き、しっかりした大人を目指そうと一つ人生の目標を作る。

「騎士達が早く気づいたのはみんなが緊張していたからよ。今回はみんなが先に気づいてくれたから、森に潜んでいた人達も捕まえられたの。早く動けていたから、市内の監視に気を取られていた悪い人の背後を取れたの」

自分がなんとかしなくても大丈夫だとは思って欲しくなくて、エレオノーラは子ども達に聞かせた。不自然に連れ出された時点で騎士達が見逃すはずもなく、報告がなくても彼は無事だっただろう。それでも気づくのは早いほうがいい。

「早期発見は早期解決に役立つのよ。早ければ早いほど被害は防げるわ。虫害も病害も、見つけ次第対処するのが大切でしょう。おかしいと思ったら誰かに相談するのは大切よ」

「はい」

ジェラルドはこくりと頷いた。そんな彼の隣にレオンがしゃがみ込んだ。

「ジェリーはアンジェに似てよく気がつくな。他の子らも、落ち着いてえらいぞ。騒いだら逃げられていたかもしれない」

　褒められた子ども達は照れて互いに肘でつつき合う。

「そろそろ市内の確認が終わる頃だから、帰る準備をしておけよ。しばらくは一人で出歩くな。一人の時に知らない人がいたら引き返すんだ」

　本来ならもっと早くに帰っているはずが、人が集まっているここの方が安全だったため留まっている。しかし子ども達はそろそろ就寝準備を始める時間だ。

「あと、あまりこういうことは言いたくないが、知っている人でも油断はするなよ。子どもを誘拐されて人質にされたら、親は言われるがままに悪さをしてしまうものだ。ジュナも言っていたが、疑いすぎるのはよくないが、信じすぎるのもよくない」

　子ども達はきょとんとしてレオンを見上げた。

「本当に気をつけなきゃダメよ。わたしもそうやって狙われたことがあるから。地位やお金が絡むと、ひどいことをする人はたくさんいるの」

　エレオノーラが言うと、興奮していた子ども達の顔色が変わった。ジェラルドも驚いてエレオノーラを見つめた。心配させたくはないが、知らないで過ごして油断してもいけない。

「だけど、そのためにあたし達オルブラの魔術師が来てるの」

　と、軽い調子でジュナが言う。

「完璧な対策は無理だけど、オルブラでしてるのと似たことならできるから」

「きのう、山に運んでたのを使うの？」

「そ。実験してから本設置する場所を探そうと思っていたけど、条件が合う石が保管してあるらしいから、実験が成功したら本設置まで持っていけるように進行することになったわ。それを使えば、また変な人が出ても後を追うことができるの。隠れたって分かるんだから」

「おおっ」

子ども達は目を輝かせた。

「もちろん誘拐犯が近くにいる間だけだから、早くに気づけなかったら逃がしちゃうけどね」

「いつごろできるの？」

「その気があれば、精度が低めのなら数日でできるわよ。ある程度の本格的な運用も一週間あればできちゃうわ」

「おおぉ」

「ただし、たくさんの大人達が山を歩き回って、準備しないといけないいけどね」

人手でどうにかなるなら、市民も協力するはずだ。

「これから大人達でなんとかするから、しばらくは油断しないようにすんのよ。きっと面白いから楽しみにしてなさい」

それを聞いてレオンの頬が引きつった。彼は魔術師達には振り回されっぱなしで、ジュナが面白いとまで言う何かを、警戒するのは仕方ない。

子ども達はわずかに頬を引きつらせるレオンと、微笑んでいるジュナを見比べて、ケラケラと笑った。

その露骨な反応に、レオンはため息をつく。

「姉さま、みんなは何が起こるか分かるんですか？」

皆が笑っているのが気になり、ジェラルドはエレオノーラに問いかけた。

「分からないわ。でも、うちの魔術師達には前例があるから、今度は何をするんだろうって、楽しみになってしまうのよ。後始末をする人以外は」

魔術師達はとても面白いことをするのを子ども達はよく知っている。レオンは頭を抱えるが、これがオルブラの魔術師達の信仰で、子どものような正義と好奇心を胸に邁進(まいしん)するのだ。

だから子ども達にとっては、わくわくするようなものができ上がる。オルブラ市民ほどでなくても多少事情を理解している子ども達が、浮かれるのは当然のことだ。

ただ、大人はその怪しさにおっかなびっくりになって子ども達のようには楽しめないのだ。

「そっか。だから後始末をするレオン様は困るんですね」

「そうよ。それをしてあげることで力を発揮してもらえるなら、始末を頑張るのが上に立つ者の仕事なの」

頑張るのはレオンで、エレオノーラは問題があった時に間に入ってなだめるぐらいしかできないが、それはどうしてもやらなければならない仕事である。

「ここまでの有能な困ったちゃん集団は他にいないが……まあ頑張るよ」

役に立つ有能さは、欠点に目をつぶってもらえるのだ。

「あ、母さんが呼んでる。ジェリー様、ばいばーい」

親に呼ばれたのか、子ども達が別れを告げて走り去っていく。

「おやすみなさーい」

ジェラルドは手を振りその背中を見送った。

寂しいのかエレオノーラの手を握る。温かい小さな手が、きゅっと握ってくると、愛(いと)おしさを覚える。こういう時はレオンではなく、姉を頼ってくれるらしい。

レオンが彼を我が子のように愛でていた気持ちが分かる。もちろんエレオノーラは親目線ではなく、姉目線だが。

(こうも自分に似ていると、意識しない方が難しいわ)

我が子ではないが、可愛い弟だ。

もし自分が子どもを産んだら、もっと可愛いのだろうかと考えてしまう。

(目をそらして、あまり考えないようにしてたのになぁ……)

先の話だと、結婚後のことはあまり考えないようにしていた。

将来のことも考えないといけないが、期待しすぎると思う通りにならなかった時に立ち直れないと後ろ向きになってしまう。ならば深く考えなければ前向きにも後ろ向きにもならなくてすむと、浅く広く考えていた。

　しかし最近は、レオンがそれを意識した振る舞いをするから、意識しない方が難しい。

　そういったことに疎いエレオノーラにも、彼がいつか生まれるかもしれない息子を想像して浮かれているのだとわかってしまう。

「レオン様、お楽しみ中に申し訳ありません」

　考えないことを考えていると、ウィルがレオンに声を掛けた。

「お楽しみ中って……誘拐犯について、何か分かったか？」

「依頼を受けてのことだと話しています。どこからの依頼かはまだ教えてくれませんが、近場に仲間はいないようです。まあ、いるんでしょうけど」

　ジェラルドの前だから若干柔らかい表現をする。実際に何が行われているかは、エレオノーラにも曖昧（あいまい）にして教えてはくれない。

「さっきの人たちを拷問をしているんですか？」

　しかし配慮を理解するには、ジェラルドには少し早かったようだ。彼は真剣な顔でレオンを見つめた。彼はちらりと視線をウィルに向ける。しかしウィルは一礼してさっと立ち去った。

「ジェリー、拷問じゃなくて尋問よ。レオン様を困らせてはいけないわ。そういうことは、女性や子どもには言ってはいけないものなの」

「どうしてですか？」

「うーん……常識的な配慮よ。それができないと、だめな大人扱いされるの。暴力に慣れない人に暴力的な話をすると、怖がらせてしまうでしょう？　本当は平気でも、そういう世の中の風潮だから、必要がなければ配慮を受けておく方がいいわ」

「……なるほど」

レオンが困るのは理解したらしく、頷いた。レオンが複雑そうな顔をして、諦（あきら）めたように首を横に振る。

「一つだけ訂正がある。拷問は古い手だ。やっていないことをやったと言わせるための手段で、痛みで話した内容には信頼性がない」

何の本を読んだのか知らないが、ジェラルドは当然拷問が行われていると思っていたようで、驚いていた。

最初の反応から痛めつけていないわけではないだろうが、本に書かれていそうな過激な内容はやっていないということだ。

「さて、ジェラルドも寝る準備をしましょう。成長期には早寝早起きが大切よ」

刺激的な出来事のせいで今は頭がさえていても、今日はよく食べてよく動いたからベッドの中に入ってしまえば睡眠の誘惑にはあらがえないだろう。

「はい。おやすみなさい、レオン兄さま」

兄と呼ばれ、レオンの頬はふにゃりと緩む。

「おやすみ。明日のことは気にしないようにして、よく寝るんだぞ。眠らないと元気が出なくて楽しいことに参加できないからな」

「はい。がんばってねます」

明日どうなるか楽しみで、眠れないという子どもがいるだろう。大人ですら、不安や楽しみの差はあるが、興奮してしまって目がさえているかもしれない。だが、それでも寝ないと活動できない。

「ニック、ジェリーを頼む」

「はいはい。よし、今日はジェリーが寝るまで、兄ちゃんがお話をしてやろう」

どんな話をするんだと言いたげに、レオンはニックがジェラルドを抱き上げるのを睨んだ。

「まあ、頼んだ。エラは、疲れているだろうけど、今から魔術師達の説明を聞くことになっているから、聞いていてくれないか？」

「もちろんそのつもりです。わたしがまったく理解できないことを、わたし同様に知識のない他の方々が理解できるとは思いませんから」

自分の判断で方向修正させないと、彼女達は理解したものとして話を進めてしまうだろう。エレオノーラなら遠慮なく口を挟みやすく、時間はかかっても逆に円滑に進むことが多い。世の中、分からないことを聞けない人が多いのだ。

4章　星を見る

目を覚ますと、昨日と同じ部屋にいた。掃除が行き届いて居心地のいい、窓辺の大きな水晶の物置が印象的な部屋だ。

部屋の外ではバタバタと騒がしく足音が響いている。このベッドから出たくはないが、皆が働いているのに何もしないでは、主人として心証が悪いため、慌てて着替えて髪に櫛を通す。レオンが特に気に入ってくれた香油をつけて艶を出し、昨日もらったエレオノーラのために作ったという髪飾りの形をした魔導具を身につける。その他の宝飾品も昨日とは別のものだ。魔力を吸い上げる目的だから、連日同じものはつけないで休ませるのだ。

仕上げに薄手の肩掛けを羽織って、弟を起こすために部屋を出る。

「エレオノーラ様、ジェラルド様は魔術師様のところにおいでですよ」

背後から声を掛けられ足を止めた。普段からこの屋敷の維持管理をしてくれている中年の女性がやってきた。

「こんなに朝早く？　邪魔にならないかしら？」

「邪魔にならないようにと隅の方でじっとされていらっしゃいますよ。お食事はいかがなさいますか？　殿下とご一緒にされますか？」

「そうね。レオン様のいる部屋に用意してちょうだい。わたしはジェリーを呼びに行くわ」

エレオノーラは予定を変えて、魔術師達がいるはずの部屋に向かった。

賑（にぎ）やかな部屋をちらりとのぞくと、広い部屋には部屋の片隅には何に使うか分からない機材と荷物が積まれていた。そして中央には大きな器が二つ置かれていた。その近くには何も乗っていない台座がある。魔術師達は器と台座の間に、チョークのようなもので模様を描いていた。まるでここだけ魔術師の研究室をそのまま移設したような有様だ。

部屋の窓からは庭木と塀だけが見える。普通には入り込めない、外から見えない位置にある部屋を用意してもらったため、間違って迷い込んだ市民に見られないのが救いだ。

「エラ姉さま、おはようございます」

部屋の隅に座っていたジェラルドは立ち上がり、足下に気をつけてエレオノーラの元へ歩いてやってきた。転んで模様を消してしまったらまずいと理解している、おっかなびっくりとした歩みだ。

「ジェリー、おはよう。今日（きょう）もいい朝ね」

やってきた弟のつむじにキスをすると、彼も背伸びをして頬（ほお）にキスをしてくれた。

「皆さんもご苦労様です」

「おはようございます。手が離せないので、座ったままで失礼します」

代表の中年男性が申し訳なさそうに言う。

「どうぞそのまま続けてください。……ジュナと何人かの姿が見えませんが」

「若い子達は、現地に行ってます。仮設置した塔を移動させるんです」

若い魔術師は山の中を歩き回っているようだ。

「そうですか。では残っている皆さんは食事をどうなさいますか？　休憩がてら別の場所でとるか、つまみやすいものをまとめて部屋の隅に置いておくか、どちらがよろしいですか？」

こういった人達は食事を取るにも好みがある。わいわい食べるのが好きな人もいれば、効率を落とさないように栄養補給と割り切ってさっと食べたい人もいる。

「申し訳ないですが、隅に置いていただけたらありがたいです。夜は寝たので、まだ休憩が必要なほどは作業してませんから」

「ならそのように手配します。あまり無理はなさらないでくださいね」

「お気遣いありがとうございます」

もう二年以上関わってきた人達だから、返ってくる答えが予想できて気が楽だ。彼らはこういう時に飾らず、遠慮もしない。

「ジェリー、レオン様を食事に誘いに行きましょう。きっと働き詰めに違いないわ」

「はい、姉さま」

手を繋ぎ、レオンがいるだろう会議室に向かう。大きなテーブルがあり、特別な会議に使っている立派な部屋だ。

昨日の話し合いでは、ヴァレルと他の要職に就いている人々の許可が出たため、騎士達も大急ぎで必要な道具を設置している。レオンはここに残って報告を待っているはずだ。

「姉さま、魔術師の方はとても働き者ですね」

「趣味を仕事にした人達はよく働くのよ。それに彼らは神様のために研究しているから、みんな真面目なの」

「騎士みたいですね」

彼は騎士が趣味を仕事にした人々に見えているらしい。身の回りにそういう人物が多いのが悪い。故郷は農場で働くか、騎士になるかという場所だ。好きでやっている人が多いので、その通りだから否定が難しい。

考えているうちに部屋の前まで来た。ドアは開いており、ちょうど中に食事が運び込まれているところだった。

「おはようございます、レオン様。食事の準備をしてもらいましたけど、お邪魔ではありませんでしたか？」

「おはよう、愛しいエラ。おはよう、可愛いジェリー。朝食の手配をしてくれてありがとう。すっかり時間を忘れていたよ」

レオンは朝から完璧に整えられた姿で、にこりと笑った。部屋をうろつける程度の支度しかしていないエレオノーラは敗北感を覚えた。

寝坊したわけでも、だらしのない格好をしているわけでもない。レオンが周囲に侮られないよう気を張っているだけなので、なんとか呑み込んで使用人に視線を向ける。彼女はせっせとカップを並べていた。朝食はつまんで食べられるようなものが並んでいて、気遣いを感じる。

それをウィルが手伝い、テオはレオンの向かいに座って優雅にカップを手にしている。

「あの、それと同じようなものを魔術師達にも用意してもらえるかしら。あちらは作業しながら好きな時に食べたいようだから、食べやすく、取り分けやすいようにしてあげて」

「はい、かしこまりました。用意はしていますので、小分けにして乾かないようにしておきますね。飲み物も飲みやすく冷ましたものを用意しておきます」

「それでお願い」

集中しすぎて火傷をしかねないので、ありがたい提案だ。

「ジェリー、好きな場所に座っていいわよ」

「はい」

ジェラルドは少し迷って机と椅子の位置を確認し、テオの隣に向かった。エレオノーラがレオンの隣に座ると、ちょうどジェラルドと向かいになる位置だ。

この年頃に、これだけ考えていたかと我が身を振り返る。何も覚えていない。

テオはカップを置いて、ジェラルドの席の椅子をひいた。

「ありがとうございます」

「どういたしまして。よく眠れたかい？」

「はい。ベッドに入ったら、朝になっていました」

「昨日は色々あって疲れただろうからね。今日もきっと興味深いことがあるから、楽しみにしているといい」

エレオノーラも疲れていたから、ベッドに入ると落ちるように眠ってしまった。思い悩んだ記憶もないほど、寝付きがよかった。

「エラ、君はよく眠れたかい？」

レオンはエレオノーラのために椅子を引き、座って体勢を整えるといつものように側頭部にキスをした。

「……おかげさまで、よく眠れました」

ジェラルドは当たり前のこととして受け入れ、向かい側に座るテオだけが呆れ顔だった。

「……皆さん朝早くから動いているようですが、今日中に終わりそうなんですか？」

「もちろん。外回りの者達は午前中には終わるはずだ。配布物は市内の婦人会の方々に任せてある。説明をしたら喜んで手伝ってくれると申し出があったんだ。彼女達の仕事が終われば、後は配るだけだから今夜までには何とかなる」

「そんなに早く……。だから魔術師のみんなは休憩時間も惜しんでいたんですね」

「だろうな。ドゥルスの重役達がピリピリした日々にうんざりしているらしくて協力的だ。のんびり屋の魔術師達も、今日中になんとかしないといけない空気を察したんだろう」

好きなことは集中した結果早く仕上げしまうが、基本的にはのんびりした人達が、好き嫌いに関係なく急いで仕上げようとしているらしい。

「やる気があるんじゃないですか？　塔を改造するためにずっと研究していたから」

塔の欠陥が大きいため、無理なく運用できるよう改造をしたいと思っていたが、オルブラの塔の機能が一時的にでも使えなくなるため反対されていた。それがようやく手を入れられるようになったのだ。

だから新しく作らせてもらえるのはありがたい申し出で、彼らは力が入っているはずだ。

「エレオノーラ様、こちらに煎じた薬とミルクを置いておきます」

「ありがとう。助かるわ」

エレオノーラの前に薬の入ったパンを使ったサンドイッチが置かれた。煎じた薬を一気に飲み、蜂蜜で甘くしたミルクをゆっくり飲む。

「ふぅ。ちょうどいい甘さ」

甘いミルクのおかげで口の中の苦みはだいぶ収まる。

「そういえばレオン。塔に使う石はちゃんと使えそうなものだったのかい？」

テオは向かいのレオンに尋ねた。

「ああ、魔術師達に確認してもらった。ただ、他国に渡ったら問題があるから、将来的な設置場所に悩むと。盗む対象がどこにあるか分からなかったのが、あれを使うことで盗める場所を教えているようなものだからな」

「確かに難しい問題だね。そういう石があると、無茶な作りの兵器も動いてしまうから」

テオは再びカップをつまみ上げて考え込む。その何気ないのに上品な所作を、ジェラルドはじっと見つめていた。

「そういうの含めて監視できるようにすればいいんだが、塔を本設置する時は、どこにするかが悩みどころだ」

「どうせなら、公園に建てれば？　危ないものは元々警備が厳しい市内にあった方がマシじゃない？　屋敷の警備は必要なんだし」

テオの発言にレオンは一瞬口を開きかけ、すぐに唇を引き結んで考え込む。

他の誰（だれ）かの発言なら一笑に付すところだが、テオは他国の人間とはいえ専門家だ。エレオノーラ達よりは、よほどここで行おうとしていることを理解している。

「テオ様も魔導具の研究が好きな魔術師なのよ。うちの魔術師達とはだいぶ方向性が違うけど、ああいう平和的な使い方が好きなんですって」

「ぼくも、平和的なのが好きです。悪い人が入ってこられないようになるといいですね」

ジェラルドは昨夜のことを思い出したのか、わずかに眉間(みけん)に力を入れた。

「エラ、俺(おれ)も午前中は報告を受けなければならないから、君達は自由にしていてくれ」

「じゃあ、今日はジェラルドの勉強を見ています」

「護衛ならそのために人員を確保しているから気にしなくていいぞ」

「昨日の今日でわたしが出歩いたら市民が休まりませんよ。子ども達が遊びに来てくれたら、その時はお願いします」

手伝えることがあればいいのだが、何をしても気を使わせてしまう。忙しい時はじっとしているに限る。

「あの、姉さま……」

ジェラルドはパンを置き、おずおずと呼びかけた。他の子どもなら、勉強は嫌だ遊びたいと言うところだが、彼は勉強をしたくないとは言わない男の子だ。

「どうしたの？　ひょっとして、魔術師達の仕事を見ていたいの？」

適当に言ったのだが、当たっていたのかジェラルドは驚いて目を見開いた。

「はい、見ていたいです」

言い当てられて驚いているが、エレオノーラも自分の意見を伝えようとしていたことに驚いた。それも母に言われた勉強をサボッてまで見ていたいのだ。

「さっきみたいに部屋の隅でじっとしていられる？」

「はい。じっとしています」

「じゃあ頼んでみるわね。もちろん、危険な作業があるって言われた場合は諦めなさい」

「はい。その時は勉強します。ありがとう、エラ姉さま」

ジェラルドは嬉しげに頷く。本当に断ったとしても、彼は素直に諦めて勉強するだろう。

エレオノーラはレオンに視線を向ける。レオンもエレオノーラに視線を向けた。

母親の言いつけを破ってまで自分のしたいことを言えた。そして断られたとしてもすねることはないだろう。自分の意見を言えるようになったとしても、断られるはずがないと勘違いするような男になったら最悪だが、今のところはその片鱗は見えない。

「アンジェは喜ぶかしら？」

「きっと泣いて喜ぶさ」

レオンは片目をつぶって小さく笑う。こういう些細な仕草が魅力的だからのぼせ上がる女が多いのだ。オルブラの女達には不思議といないが。

今ならオルブラの力を手に入れたことでより安定したから、愛人になろうとする者が寄ってきてもおかしくない。オルブラは都会のようで田舎気質なので、そんな片鱗があれば周囲の人々がその女をどうにかしてしまうから実現しないが、彼が今まで通りよそでいい顔をして勘違いさせないか心配になる。

結婚して安定してからの方がモテる場合もあることを、彼はまだ体験していないのだ。

「ああ、疲れた。足が棒のようだわ。あたしも散歩ぐらいした方がいいかしら？」

ジュナはエレオノーラの肩にもたれかかって愚痴を言う。夕日に照らされ、彼女の髪が赤く見えた。夕暮れの公園は寂しさを覚えるものだが、今日は人が多く哀愁を感じない。

「山歩きは散歩とは使う筋肉が違うぞ。辛(つら)いなら椅子を用意しようか？」

そんなジュナにレオンが提案した。心なしか言葉にトゲがあった。

「必要ありません。座りたければ木箱の上にでも座りますから」

そう言って、彼女は公園の中央に積まれた木箱をつま先で叩(たた)く。

「まったく、いつまで同性の友人にまで嫉妬(しっと)するのかしら。やりたければ自分もやればいいのに。挨拶(あいさつ)のキスや肩は抱けるのに、甘えられないなんておかしいったらないわ」

ジュナは見せつけるようにエレオノーラの肩に頬をすり寄せてくる。

「は……ははは……」

レオンにジュナと同じ距離感で触れてくるようになったら困るので、エレオノーラは乾いた笑いしか出せなかった。

レオンとジュナ、どちらと密着することが多いかと言えばジュナだ。レオンは腰に手を回し

ても、紳士らしくほんのり添えるだけで、密着というほどではない。

それが現在の適正な距離で、越えてこられても正気を保っていられなさそうだから困る。

「ジェリー様、木の札をもらったけどこれなんですか？」

「しるしだそうです。これからジュナさんが説明してくれます。あ、ドゥルス専用のものだから、絶対になくさないでね」

「はは。さすがになくしませんよ……とうちゃん大丈夫かな」

不安になった子どもは、なくしそうな身内に釘を刺しに行く。

さらに日が傾き、仕事を終えた者達も公園に集まって来た。市民全員を対象に、これから説明を行う。公園に市民全員は入らないので、各々の集会場に集め、魔術師達が分散して説明する声を拡散させるのだ。そうすれば全員が同じ説明を受けたことになり、説明の違いによる勘違いが生じない。伝言ゲームではどうしても話が歪むのだという。

「さて、説明するんで、木の札を受け取りながら聞いてくださーい」

ジュナが魔導具で声を増幅させて話すと、離れた場所から少し遅れて同じ声が響いた。

「今配っている札はオルブラ市の検問で魔導具に貼ってるのと似たようなもので、市民の証明に使われます。持たずに家の外に出ると最悪の場合『神の怒り』……この前の雷の術の標的になるので、話はよく聞いてください」

ざわざわとしていた住人達がピタリとおしゃべりをやめた。

「最悪の場合なんで、ドゥルスが賊に囲まれてるとかよっぽどのことがないとやりたくないけど、できなくはないってことだけは頭に入れて聞いてくださいね」

最悪の脅しの後、軽い調子で緩めの脅しに切り替えて住民達を安心させる。

レオンが額に手を置いた。

「本当に……善良なんだかたまによく分からなくなるな」

「ジュナはあれでいて、いたずらっ子な気質ですから。だから皆の前に出るような仕事は彼女がさせられがちなんですよ。理解してもらえるように話してくれるし」

見た目は知的で冗談など言わなそうだが、普通にくだらない冗談を言うこともある。

「知っている人も多いと思いますが、昨日、誘拐未遂事件がありました。鉱山はこれからも狙われ続けるだろうから、対策を取ろうと思います。今配っているのは、その対策をするまでの仮対策に必要な身分保証書のようなものです」

すると市民の一人が手を挙げた。

「これがないと、最悪でない場合はどうなるんですか？」

「不審な動きをしたらお馴染みの警告音が鳴って、騎士が捕縛に向かったり、変な場所にいると泥棒用の罠が発動します」

市民達は顔を見合わせた。

「それだけですか？」

「ええ。日が暮れてから動き回ったり、昼間でも仕事以外で山にいたら怪しいでしょう。そういうことをしなければ気にしなくても大丈夫だし、集団でもないのにいきなり即死攻撃を食らわせたりもしません。集団だったら危ないからやるってことだけ覚えておいてください」

　皆はほっと胸を撫で下ろす。それほどの集団でみんなが札を忘れたりはしないだろう、という楽観的な反応だ。

「人間が何も持たずに庭に出るだけでも警告音が鳴るから、夜はうっかりしないで欲しいですね。あたし達、確認のために音源の隣で寝てるから」

「大変だぁ」

　子ども達が目を丸くした。

「そう、仮設置のは簡単な装置だから遊びのある条件にできなくて大変なの。皆さんがうっかりしすぎると警告に行くからね」

「あ、うちは外で犬を飼ってるんですけど」

「犬とかには反応しないから安心してください。あ、馬は念のため対象だから、山に向かう子の分は用意します。夜は馬屋に入れておけば大丈夫。札を渡すのは市民だけなので、市民以外の方も夜間の外出を控えてください。急病などの緊急時のみ認めます。市外に出る場合は、街道からそれないでください」

　皆こくこくと頷く。

「注意事項を聞くだけだと不安だろうから、具体的にどう運用されるか説明しますね。今困っているのは鉱山への侵入と、鉱山に詳しい人の誘拐です。なので規模の小さな『守りの塔』を仮設しました。オルブラの塔から力を引っ張ってきて、機能の一部を使います。以前のような守り方はできませんが、異常者の監視だけなら少ない負担でできます」

そんなことができるのかと、市民達はどよめいた。

「今は仮設置なので不自由をかけますが、完成して条件を付け加えていけばいずれ普通に過ごしてもらえます。それにはまだ時間がかかるから、少しの間は不便を我慢してください。市街から来たお客人には悪いですが、しばらくの間は行動には気をつけてください」

「我々は許された範囲を、昼間に出歩く分には大丈夫ということですか？」

「そうです。昼であれば商談や交流を制限することはありません」

まっとうな目的の商人達はほっと胸を撫で下ろす。

「反応を減らしたくて子ども達にも持たせたけど、仕事で山に入る人達より制限のかかったものだからご家族は気をつけてください。市内用で市外に出たら警報が鳴ります。子ども達も入れ替えるようないたずらをしないでください。仮の塔はエレオノーラ様のお力を借りて稼働させるから、馬鹿（ばか）なことは絶対にしないこと」

子ども達はこくこくと頷いて、やらないよとばかりにエレオノーラを見た。信じていると笑みを返す。それでも実行するのが子どもだから親は気をつけるだろう。

その他の人々は自分達の手にしている札を他人と見比べている。インクの色が違うのは少し観察すればわかるので、間違えることはないだろう。

「皆さんに求めるのは、仕事以外で山に入らず、夜中に一人で出歩くなってことです。普通に生活してる分には、いきなり雷を落とさないから安心してください」

最初に脅されたせいで、皆はちゃんと話を聞いてくれた。軽い調子の説明は、子ども達にも理解できるものだった。

「忘れたりなくしそうで不安なら、無地の部分は穴を開けて大丈夫なんで寝る時も首から下げてください。穴を開けていい場所が分からなかったら、それを作るのを手伝ってくれた婦人会の方に聞いてください」

市民は自分に配られた札を見て、どうするか話し合う。婦人会に作ってもらった札は、魔術師が用意した不思議な模様の紙を、ただの木の板に貼り付けただけの単純な作りだ。

「特殊なインクと模様だから、汚して模様がかすれたり、なくしたらすぐに来てください。特になくした場合は、探すのに時間を使わず、すぐに報告してください。家の中にあったなら笑い話ですむけど、盗まれてたら報告までの時間が空くほど周囲に迷惑をかけることになりますからね。他に何か聞きたいことがあれば挙手してください」

「はい。具体的にどれぐらいこれを使うことになりそうなんですか？」

市民の質問にジュナは頷く。

「一週間もあれば塔を建てられるから、上手(うま)くいけばその時には必要なくなります」

「一週間で塔を？」

「ええ、土台があれば瞬く間にでき上がるそうです。オルブラの塔を造った一人が指導にきてくれるので、安心してください」

「魔術で造ったって本当だったんだ！」

市民はそれをドゥルスにも建てることに興奮して、わっと歓声が上がる。

その声を、レオンが前に出て手で制す。

「理解したと思うが、もう一度言う。それをしばらく肌身離さず持ち歩き、なくさない。それだけ理解していればいい。子どもならともかく、大人がやったら恥ずかしいからな」

もっと都会なら翌朝まで酒場は開いているが、ここは酒を出す店でも閉店は早いから、普通なら不自由はないはずとヴァレルが言っていた。

「理解したら解散だ。夕飯時は見逃すが、深夜に客人を連れ回したら忠告に行くからな」

レオンは夜までに間に合った達成感に満ちた笑みを浮かべた。

エレオノーラは話を聞きながら、少しだけ市民達に申し訳なく思う。

（これ、わざわざ色を変えてるけど、弱い人が狙われないようにそれっぽく差をつけてるだけで、実は性能に差はないのよね）

子どもと市内から出ない女性には同じ物を持たせている。すでにそれに気づいた一家も何組かいたので、すぐに情報は共有されるだろう。

「エラ姉さま、塔ができたら見てみたいです」

ジェラルドは完成したのを見たいというだけでもわがままだと思っているのか、塔を造るところを見たいとは言わなかった。

「もちろん、わたしも責任者の一人として確認しなければいけないから」

それだけで仕事をしているように見えるのだから、簡単で気楽なものだ。

「塔を完成させる時は、俺も見てみたいから一緒に見学しようか」

レオンは自分自身も塔を造る魔術が見てみたいようで、ジェラルドに提案した。すると彼は喜びの表現を迷うように、唇を引き結んでは力を抜く。もにもにと動く口元も、彼の成長の証(あかし)のように見えて愛おしい。

「よかったね、ジェリーくん。骨組みがあるにしても塔を造る魔術師なんて珍しいんだ。見たいと思って見られるものじゃない」

不器用に喜ぶジェラルドにテオが囁(ささや)くと、とうとう頬がゆるみ口角が上がり、いつもより上手く喜びを表情に出すことができた。

「じゃあ、準備をしなければならない魔術師達に、ご馳走(ちそう)を運んであげないとね」

塔を造る術自体も複数人で行う繊細な術らしく、精も根も尽き果てる大変な術だとジュナが言っていた。今から疲れ果てて、本番で力が出ないというのはあまりに間抜けすぎる。

「それはいい。テーブルについて、温かい料理を食べる幸せも思い出させてやらないとな」

レオンは温かい食事を大切にする人だ。温かい食事を取れる余裕のある状況が当たり前ではなかったからこそ、その大切さを理解している。

「そうですね。そろそろちゃんと食べてちゃんと寝て備えてもらわないと」

レオンのそうやって気遣えるところが好きだ。気遣いどころか、消耗品としてしか扱わない施政者が多い中、彼は一番身分が高いのに、無理をしがちな役人達を気遣っていた。だから彼は人々から尊敬されているのだ。

「上手くいくといいですね」

皆で知恵を絞り出したこの計画が上手くいけば、鉱山を付け狙う者が減るはずだから。

◇◆◇◆◇◆◇◆◇

翌日には市内で噂が流れていた。

森の中に塔があって、塔の上に魔宝石が輝いているのが屋根裏の窓から見えたと。

この都市よりも高い場所に設置したため、塔の様子が見える場所があるらしい。

「本番はどこに作ればいいかしら？　隠し続けるのは難しいから隠す意味はない？」

「候補地は複数あるが、こればかりはその中から選んでもらうしかないな」

レオンはエレオノーラの隣に座り、肩に手を回して言う。エレオノーラはその手をそっと肩から引き離して、握るだけに留めた。

ここが公園のベンチで、遊んでいる子ども達を見守っているのでなければいいのだが、子ども達の前ではあまりよくない。

「手厳しい」

「子ども達が見ているんです。節度は大切です」

エレオノーラも肩を抱かれるぐらいなら慣れたが、子どもの前でとなると違ってくる。公園のベンチで肩を組んでいちゃつく男女を、子ども心にどうかしていると思った記憶がある。

レオンは小さく笑い、手を握り返した。機嫌を損ねた様子はない。

「俺達は屋根裏のあれから目をそらすための囮なんだ。目立った方がいいんじゃないか？」

「今で十分目立っています。子ども達を見守るなんて、安心しきっている感じでしょう？」

エレオノーラとレオンが護衛すらつけずにのんびりしているのだから、気を抜いていると思われる。民はそれを信頼と取るし、賊は油断と取るのだ。

そんな平和な雰囲気が伝わって、子ども達を見守る二人を住人達はそっとしてくれている。

『周囲で立ち止まっている人がたくさんいますよ』

耳元でジュナの声が聞こえた。

『微笑ましいって見守ってるのか、観察なのかは分かりませんが、札持ちもそうでない人も、様子を見に来ています。隠れて見てる人、普通に歩いてたのに近くに来たら急にゆっくりになる人。観光をしていただいているテオ様に露骨な反応をしている者はいないので、市内に軽い気持ちで来ているガエラス人はいないかと』

レオンに話しかける声が、彼と手を握っているエレオノーラにも届く。

「テオは人の顔を覚えるから、オルブラでは絶対に顔を知られていない者を使うか、徹底的に避けられていたらしいからな」

傍（はた）から見れば、彼はエレオノーラに語りかけているように見える。しかし実際は耳飾りの向こう側と会話している。

レオンが表に出したくない技術の一つだ。昨日使った声を遠隔に届ける術も、簡単ではないが知られている。しかし誰にでも、本人にしか聞こえない程度の音を届ける技術は表には出ていない。他国でも作っているだろうが、この技術はその中でも進んでいるらしい。

「ところで魔力は足りているか？」

『今のところは。本番の夜は魔力抜きもかねてエラ様にお願いしますけど』

レオンは満足げに笑う。

「前回のあれはガエラスの残党だったが、今回はどこだろうな。今回は知らしめるのが目的だから、ぶっちゃけ誰でもいいんだが」

一昨日（おととい）捕まえた誘拐犯を厳しく尋問をしたが、いくつか組織を経由しているらしく、本当の雇い主まで遡るのは難しそうだった。しかし彼らから、自分達とは別の盗人がいるのを聞き出した。同じ雇い主かもしれないし、まったく別かもしれない。

『前は石を狙ってるだけだったけど、最近は技術にも目をつけられちゃったから深刻ですよ』

「ああ。深刻だな。ガエラスの兵器、あれの核がドゥルス魔石だ。品質としては上の下程度。あれ以上のものがいくつも眠っているからこそ、躍起になって攻め入ってきたんだ」

レオンはため息をついた。誰が手に入れても、深刻な事態を招きかねないのだ。

もし先祖が金の亡者であればもっと売っていただろう。本当に危ないものは封印しておいてくれる先祖だったから、オルブラはなんとかなっている。

『まあ、保管庫に納めたら出せるのがエラ様とヴァレルさんしかいないから、何かあっても安心っちゃ安心なんですけど』

「え……それ今初めて知ったんですけど」

『正確にはオルブラとドゥルス鉱山の正式な長だけ。正式っていうのは、互いに長であると認め合った者のことよ。正式な長に認められないと誰も入れなくなるの。下手な相手に渡るなら、今後一切外に出さない方がマシっていう、神が保証する神聖なる制約ね』

エレオノーラは初対面の時にヴァレル達から認められたと感じたが、オルブラが守るべき宝の鍵としても認められていたのだ。

「知らないところで領主になってたと思ったら、鍵にまでなっていたなんて……ひょっとして、だからおじさまが生きているうちに、わたしに譲られたのかしら？」

『そ。エラ様ならあたし達が世界平和のために頼み込めば、上からの理不尽な命令も拒絶してくれるだろうって。下手な軍人よりも肝が据わってるから』

理不尽というのは国王の命令だ。明らかに悪用しようというのが分かっていて差し出せというなら当然拒絶する。同じ結界を王都に張りたいとしても、場所が悪いからできないのは最初から分かっているらしいから渡す理由がない。

「でも、わたしを過大評価しすぎでは？　市民を盾にして脅されたらどうすればいいか分からなくなるわ」

「エラ、そんな方法で貴族の私財を奪おうとしたら内乱が起こるからやらないよ。オルブラは神の正義を建前にしてて、第二王子の俺がいるんだ」

「そうですね。レオン様のお父様が、そこまで愚かなはずがありませんでした」

隣国ではその正義の名の下に王位簒奪が行われたばかりだ。だから拒絶を許さない無理な要求はない。あってもそれだけの力と財力があるのだと信じて疑わず、堂々と断ればいい。

『レオン様、しばらく集中するのでそちらからの呼びかけには答えられなくなります。何かあったらすぐにお知らせしたいので、耳のそれだけはそのままでお願いします』

「つまり盗み聞きはしないから、安心しろということか？　聞かれてまずい会話をするつもりはないんだが……まあ、エラが恥ずかしがるからいいか」

恥ずかしがるような会話をするわけではない。レオンはそう言われて戸惑うエレオノーラを見て楽しんでいるのだ。

(……やっぱり、わたしがジェリーの反応を引き出して喜んでるのと同じなのかしら?)

弟はあまり感情が表に出ないから、顔に出ると喜んだ。しかしエレオノーラは顔に出にくいだけで、親しい人には分からないほどではないはずだ。

と思っているのはエレオノーラだけで、実は分かっていなかったとしたら、この反応を見る感じも理解できる。

(ま、そんなわけないわよね。レオン様はいつも察して色々してくれるんだもの)

少し分かりにくいからよく見ているかもしれないが、そうしなくても彼は驚くほど察しがいいのだ。他の誰かならともかく、レオンには伝わっている。

「あ、ごめんなさいっ」

子どもの声が聞こえて、つま先に何かが当たった。足下にボールが転がっていた。

「ちょうどいいところに足があってよかったわ。はいどうぞ」

ボールを拾って遊んでいた女の子に渡すと、彼女は頬を真っ赤にして受け取った。

「ありがとうございますっ」

彼女は礼を言うと、恥ずかしそうに走って仲間の元に戻っていく。

逃げるように去って行ったが、表情からボールを拾ってもらえて喜んでいるのがはっきり分かった。分かりやすい反応とは、こういうものだとは理解している。

（分かりにくいのは、仕方ないわよね。いい年して百面相していたらおかしいもの）

　遠慮のないジュナに指摘を受けたこともない。

「ジェラルド様のお姉様はいつも落ち着いててステキですね」

「はい。何でもお見通しで、ぼくが悩んでいると教えてくれるんです」

「すごいなぁ」

「今もきっと難しいことを話してるんだろうなぁ」

　いちゃついていると思われていると思っていたのに、難しい話をしていると思われていたことに衝撃を受けた。

「レオン様……あの、わたしってそんなに難しげな顔をしてますか？」

「難しげというほどではないけど、思慮深そうではあるかな。その分、たまに浮かべる微笑は君の優しさが滲（にじ）み出て魅力的だよ」

　できるだけ微笑んでいるつもりだったが、たまに扱いされているのが衝撃的だった。

「もっと微笑む練習をした方がいいんでしょうか」

　頬を指先で動かしながら問いかけた。するとレオンは堪（こら）えきれないとばかりに噴き出した。

「ふふ……ふふ……ああ、ごめん。それは、必要ないよ」

　彼は笑いながら首を横に振った。

「そうですか？　心配されない程度には表情に出しているつもりだったんですけど」

「もちろん大丈夫だよ。君は表情豊かではないけど、ジェラルドとちがって喜怒哀楽はちゃんと表に出ている。いつも落ち着いてはいるけど不機嫌には見えないし、子ども達を見守る時はいつもよりも笑っているから、優しい人だと分かるよ」

つまり顔つきの問題だ。賢そうに見えるのはありがたいが、子ども達を騙していようで申し訳がない。

「俺は君がたまに見せるそういう表情が好きだよ」

レオンはエレオノーラの手を自分の口元に運び、手袋の上から唇を落とした。

子ども達のどよめく声を聞き、顔が熱くなるのを自覚し、きゅっと唇を引き結んだ。

「これで難しい話をしているとは思われない。年相応の恋人らしい話をしているのだと、信じてくれる」

レオンはいたずらっぽく笑い、戸惑うエレオノーラの顔をのぞき込んで楽しんでいた。

「……もうっ」

それ以上の言葉が出てこず、顔をそらした。

知らないと言って逃げてしまいたいが、逃げる先も思いつかない。

楽しくないわけではないし、ただこういう恋人らしい戯れにどう返していいのかさっぱり分からないだけだ。

（ああ、本当に経験不足だわ。妹ならさらりと流しているでしょうに！　商売や政治だけじゃなくて、人として当たり前の経験まで不足しているなんて！）

このことに関しては妹には聞きにくいし、ジュナもそんな経験とは無縁な側だ。

（女の子が群れるのは情報収集のためでもあるのは分かってたけど、輪の中から逃げた弊害がこんなところで出るとは思わなかったわ）

だが、どれほど情報収集をしていたとしても、人生経験が豊富なレオンに心理戦で勝てるはずがない。彼にはエレオノーラが逃げ出さない程度、からかって遊ぶなど造作もないだろう。

（今から悔やんでも遅すぎるけど、女の子が好むような本も少しは読もうかしら）

こういう時にどうすれば『いい女』ぶれるのか、書いてある本がないかぐらいは妹に聞いてもいいだろう。それなら政治にも利用できる。

「また何か変なことを考えているな？」

「変なことじゃありません。妹に相談することを考えているんです」

レオンがいい男ぶるから、それに負けないようにいい女ぶりたいだけというのは、変なことではない、当たり前の欲求だ。

「なるほど。一体どんな相談をしているのか気にはなるけど、君がそれをどう受け入れるのか楽しみにしているよ」

レオンは余裕のある笑みを浮かべる。何をしても笑うんだろうと感じ取れて、愛おしくもあり憎らしくもある。

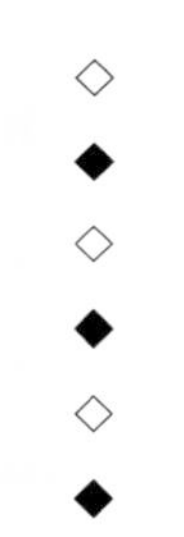

動いたのは、その夜だった。

「盗ませた予備の札が動きました」

そう報告を受けて、レオンは慌てて設備を置いた部屋に駆け込んだ。

部屋の片隅の簡易ベッドにつるした天蓋（てんがい）の中で眠っていたはずのエレオノーラは、寝ぼけ眼（まなこ）をこすりながら、近くのソファで眠るジュナを起こしていた。魔力を供給する彼女は、ただそこにいるだけでいいため簡易的なベッドを置いてこの部屋で眠ったのだ。

魔力を供給することに慣れすぎた彼女の、他人がいる部屋で平然と眠ってしまえる豪胆さが愛おしい。彼女は自分を豪胆だと思ってもいないのがおかしいが。

あまり目にする機会のない眠気を堪える姿は、普段の大人びて見える姿との差もあって目新しい。本来なら結婚してから見るはずのそれを、魔術師達も見ていると思うと腹立たしい。気にしているのは女魔術師だけで、男達は自分達の仕事に集中しているから許せるが。

「ジュナぁ、動いたそうよぉ。起きてぇ。っていうか、わたしよりガッツリ寝てるじゃない。何が『あたしがいるから大丈夫』よ」

ジュナは他に男がいる場所でエレオノーラが寝ると言い出したとき、同性の自分がいるから大丈夫と言っていたのだ。それを見ていた魔術師もさすがにくすくすと笑い出す。その中の女性達は『ジュナが寝ても自分がいるから大丈夫』と思っているに違いない。そして男達はエレオノーラを娘か孫のように思っているから大丈夫だと思っている。

いつもなら寝起きのエレオノーラにキスをするところだが、また寝てもらう予定なので持ち越すことにした。

何もしないと彼女とは何事もなく穏やかな日々を過ごすことになってしまうので、彼女と少しでも恋人らしく、家族らしくなるために始めた習慣だが、何度やっても一瞬だけ動きが止まり恥ずかしがるのが可愛らしく、毎日の楽しみになっている。

レオンは魔術師達の作業に視線を向ける。室内には二つの水鏡がある。一つは水晶が輝く仮塔を俯瞰（ふかん）して映し、一つは水の中に星々を浮かせたような幻想的な光景を映していた。この星の一つ一つが人間の輝きだと思うと、彼らの安全を任されている身としては背筋が伸びる。

範囲内であれば空から見下ろしたような現在の姿をそのまま映したり、その周囲の生命の位置と数を表すこの術は、相変わらず恐ろしい。

塔が完成するまで毎晩エレオノーラはここで夜を寝て過ごす予定だったが、運がよければ一度で解決するかもしれない。

「それで、どこにいる？」

レオンは星々の中、動く光を探す。広範囲を映しているから、多少動いても分からない。

「こちらです」

魔術師が手を横に振ると、大量の星々から離れ、月のような輝きを中央に映す。その大きな光の周りに、小さな光が何カ所かに集まっているのが見えた。生物の多い市内を範囲から外し、塔の周りを中心にしたのだ。

「中央の大きな光は仮塔です。五人組が仮塔に向かっています。盗まれた札は昼間のうちに壁の向こう側に投げて、市外で拾ったようです」

「ご婦人達に大きな声で話しながら作業してもらったかいがありましたね」

毛布をたたみながら水盆をのぞき込んだヴァレルが言う。任せていればいいのに、彼もこの部屋で待機していたのだ。

「彼女達はたいした役者だな。あれを持っていれば監視されないと思い込んでくれた」

「ええ。せいぜい、音で知らせる程度のものだと思ってくれていると思いますよ。まさか、範囲内にいる生物全部を感知できるから、動物と見分けがつくよう持たされているとは思わないでしょうよ」

魔術師が操作すると、周囲に光が増えた。このような方法で監視されているとは夢にも思うまい。

「今増えた分は、人間以上の大きさの生物です。塔の近くにはいないようですから、近くに札を持たない者はいないと確認できました。こうしてたまに切り替えることで、信じずに札なしで近づく者も監視しています」

「もし札なしで近づく者がいたら？」

「もちろんそれを通達して、警戒させるだけです。大きな野生動物でも危ないですかね」

魔術師は操作して光を減らし、水面を指さす。

「騎士様方はここところ、この光の集まりです。塔の周りにいるのはヴァレルさんが手配した警備の者で、賊が近づいているのは伝えたのでご安心ください」

たくさんある光が誰であるかの説明を受けると、状況が見えてくる。塔を上から映し出した水鏡には、警戒を強めた見知った男達が見えた。彼らなら信頼できる。

「将来的には、ささっと光の色分けとかできたらいいんですが、今はこれが限界です」

「だが目指すべきが分かっているのだから、おまえ達はそのうち勝手に実装するんだろう。技術の秘匿を考えると頭は痛いが」

いつだって魔術師達はレオンをハラハラさせるが、悪意のなさと能力だけは信じている。

「騎士の皆様、聞こえていますか？　殿下がいらっしゃいました」

祖母ぐらいの年齢の女魔術師が、手にした石に呼びかけた。

『聞こえています』

『こっちも、さっきのレオン様の声まで聞こえました』

机に設置した魔導具から二人分の声が聞こえた。それぞれ別の場所に待機させていたが、位置の近い二班が対処しようとしているようだ。

動きを見せた泥棒がどの陣営であっても『運びやすくて他で手に入らない上質の魔宝石』が比較的無防備に設置してあるのを見たら、成果を出すために盗み出したくなって当然だ。

今まではどこにあるかも分からず、それを知っている者の周りには常に人がいて、本人も屈強な鉱山員だ。それよりは目標が見えているというだけで、やりやすく感じるだろう。しかもしばらくすれば警備が強化されてしまうと知っていれば、これを逃すわけにはいかないのだ。

「手練れが揃っているはずだ。気をつけろ」

警備がいて、自分達以外も狙っていることを知っているから、今用意できる戦力をつぎ込む可能性が高い。

『もちろん。そのためにガチ装備持って来てる奴で班を組んだんです。あ、できるだけ生かして捕らえるつもりですけど、無理だったら申し訳ありません』

囁く声は、小声なのにいつものように陽気だった。山の中で火もたかずにじっとしているよりは、動いていた方がいいらしい。レオンなら道すらない場所を移動するなんて心から嫌だから、こういった『嫌だ』は人によるのだ。

「もちろん身の安全が優先だ。エラが悲しむようなことはするなよ」

『遠慮なくそうさせていただきます。怪我でもしようものなら、ジェリーとエラが毎日見舞いに来て、レオン様に嫉妬されそうですし』

ニックはふざけて言ったが、もしもの時はその通りのことが起こるのだ。レオンですらエレオノーラと会うには自分から部屋を訪ねるしかないのに、通ってもらえるなど許しがたい。

『まあ、見舞いが必要な怪我をしないよう気をつけるよう皆に伝えておきますね。あ、ここからは必要なこと以外は会話を控えるので、用がある時も聞こえているものとして話してください。理解できなかったら問い返します』

『じゃあこっちもそうします』

その後、魔導具に沈黙が落ちた。エレオノーラの名を出したことで、彼女が見ていると知った彼らなりの気遣いだ。エレオノーラは多少の荒事で騒ぎはしないが、荒事に慣れているわけではない。残虐な光景を見せたり、乱暴な言葉や音を聞かせないようにという、魔術師達に対する訴えだ。余裕があるようで安心すると、

――キィッ
ドアの蝶番(ちょうつがい)がきしむ音が静かな部屋に響いた。

「あっ」

さらに背後で小さな声がして、部屋の中にいた全員が振り返る。

エレオノーラによく似た幼子が、ドアの隙間(すきま)から室内をのぞいていた。皆に見つめられて、びくりとしてドアに隠れた。

騒がしくしてしまったため、起きてしまったようだ。

「ジェリー、こんな夜遅くに起きてきたらだめでしょ。ノックもせずにドアを開けるなんて、ここがわたしの家でなかったら、たくさん叱られているところよ」

エレオノーラがドアに隠れたジェラルドの元へ足を向けつつ叱ってから、しゅんとする彼の肩を優しく抱きしめた。そして尋ねるように魔術師達を見ると、彼らはにこやかに頷いた。

「でも、騒がしくて気になってしまったものは仕方ないわね。今日は特別に少しだけ見せてもらいましょうか？」

「……叱らないんですか？」

「もう叱ったでしょう？　ここはわたしの家で、ここは共用の部屋だから、入ってきても仕方ないわ。でもよそのおうちで許可されていない部屋をのぞいてはだめよ」

エレオノーラはジェラルドを抱えて、レオンの隣に立つ。そして『後はよろしく』とばかりに見上げてくるのだ。

子どもを抱いて母性を見せる彼女にこうやって見上げられると、たまらない気持ちになるのはレオンのせいではない。皆は父親ぶっているとか馬鹿にするが、このようないつかありそうな光景を見せられて婚約者との将来を考えない男がいるなら、嫌いな相手と愛のない結婚をさせられる者だけだ。好きな人とよく似た小さな男の子など、夢を抱かない方がおかしいのだ。

剣術を教える姿を想像したり、思春期になって母親にできない悩みを打ち明けられたりと想像するのは誰だって一度はあるはずだ。

騎士達ですら『父親ぶっている』と言うほど、家族に見えるのだから、その先を想像してもおかしくない。少なくともジェラルドにはそうしてもらえる関係を築いていくつもりだ。

「仕方ない。ここで見たことは、外で話してはいけないぞ？　知っているだけで危険なことがあるから家族にも話してはいけない。内緒にできるか？」

「はい！」

彼は迷わず頷いた。これから見聞きするのは外に漏れても真似(まね)できる程度の技術だから、もし彼が想定していたよりおしゃべりだったとしても問題ない。

札がある場所が分かるなど、後になって知られても逆に当然だと思われる。塔の監視もオルブラでしているから、そういう機能が塔にあるのは予想が立つ。

この技術の有用なところは印をつけたものの位置が分かることではない。それだけなら子どもに持たせて居場所を把握するような魔導具がすでに出回っている。すごいのは何も持っていなくても、人間が室内の――鉱山のどこに何人いるか分かるところなのだ。

もしもジェラルドが誰かに話してしまったら、黙っていられない普通の子どもとして扱っていけばいいだけだ。

◇◆◇◆◇◆◇◆◇

エレオノーラが目で頼むと、レオンはジェラルドを抱き上げて水盆の中身を見せてくれた。

幻想的な光景に、ジェラルドは吸い寄せられるように首を伸ばした。

「ジェリー、星のように光っているのが山にいる人……配った札のある場所だ」

「……札がある場所が光るんですか？」

「そうだ」

「……札を持ってなかったら、どうなるんですか？」

「ジェリーは賢いな。札がなければ、今のこの水面には映らない」

レオンは喜びを露わに頷いた。彼はジェラルドに尋ねられるのが好きなようだ。普通の父親は、こういった子どもの質問に対してうんざりした顔をすることが多いが、彼は喜ぶ。

エレオノーラは父に『ナゼ』と問いかけた覚えがないから、父がどう反応をするかは知らないが、レオンの質問にはすべて答えていた。だから彼はジェラルドに自分がされたようにしているだけだ。

「生物がいるかどうかを見ることはできるから、わからないわけじゃない。だがそうなると動物や虫との区別がつかないんだ。だから札を使って人だけを拾っている」

大きさである程度は弾けることは内緒にして、札を持たせた理由を語った。

魔術師が試しに切り替えると、光が一気に増えた。小さな生き物も含めたため、水面全体が隙間なく発光した。まぶしくて目をつぶると、すぐに光は元に戻る。

「札の効果を疑われなかったのは助かったよ」

疑われなかったのは、オルブラの魔術師達の有能さが知れ渡っている証拠だ。もし実在しないとんでもない装置の噂を流したとして、無理だと思っていても疑いきれないだろう。

「じゃあ……なんでこの人達は札を持ってるんですか？　ドゥルスの人なんですか？　それとも盗まれたんですか？」

「安心しろ。市民でもないし、市民が強盗にあったわけでもない。盗まれたものではあるが、血を流すような盗まれ方をしないように誘導したんだ。鉱山員に渡した物の見た目を変えておいただろ。屈強な男が警戒していたら、盗みたくても盗めない。そんな時、予備を運び込んだ施設の警備が薄かったらどうすると思う？」

それを聞いてジェラルドは安堵した。

「……ひょっとして、鉱山に行くから特別な札なんじゃなくて、予備を盗ませるために見た目の違いをつけたんですか？」

「ああ、じゃないとか弱い人達が狙われるからな。一部の鉱山員と婦人会に事情を話して、わざと予備が狙われるように昨日から協力してもらったんだ」

ジェラルドは子どもらしくない訳知り顔でふむと頷いた。

（これぐらいの子どもってこんなに気づけるものなのかしら？　それとも特別賢いのかしら？

わたしが偉ぶっても、あの子は簡単に見透かしそうで怖いわ）

　自分を大きく見せようなどと思わないで、自然体でいることに決めた。一番恥ずかしいのは、大きく見せようとしているのを見透かされることだ。

「盗んだ時に捕まえなかったのは、札を盗んだだけだと夜中に出歩きたかったとか言い訳をされるかもしれないだろう？　実際に山に行って盗もうとしてもらわないと、エレオノーラは疑心暗鬼になって横暴になったとか、悪い噂を流されるかもしれない」

「それはだめです」

　ジェラルドはエレオノーラの評判を心配して首を横に振る。

「だろう。これから先も狙われ続けるんだから、一人二人捕まえても意味がない。後から後からわいて出てくる。盗もうとしても必ず捕まる、忍び込むのは難しいって思い込ませたら、人数を減らせるんじゃないかと思って計画を立てたんだ」

　ジェラルドはじっとレオンを見つめた。レオンはジェラルド相手だからか、誠実に嘘(うそ)ではない説明をしている。嘘ではないが、すべてを話しているわけではない。だからジェラルドがじっと見つめると、見透かされているのではないかと心配になる。レオンもわずかに緊張した様子で、その視線に耐えていた。

「すごいです」

　純粋な尊敬の眼差(まなざ)しだったようで、レオンは上機嫌で、少し安心したように頷く。

「だからこの設備の秘匿は重要だ。どういうふうに把握されているか分かると、対策もしやすくなる。だから誰にも話してはいけないし、知っていることを知っていると匂わせてはいけないぞ。鉱山は国内外から狙われているんだ」

「は、はい。アンジェ姉さまにもはなしません」

レオンはジェラルドを試すように秘密を強調した。秘密の共有は絆となるからと、クロードはちょっとした情報を与えることがあった。彼もやってみたかったのだろう。もしこれで誰かに話してしまったら、これからの扱いが変化しそうなのでジェラルドが賢いことを願った。

「あと、この罠を提案したのは俺じゃなくてジュナだ」

ジェラルドはジュナを見上げた。レオンは配下の手柄を横取りしないという気配りも大切だと教えたいようだ。

「いや、荷物用の札が来るから、外から来た連中に剥がせないように貼り付けようって提案はしましたけど、こんな提案はしてませんよ。塔を囮に使うのも提案しましたけど、わざわざ市民を巻き込んで捕まえようとか思ってませんでしたもん」

「だが、君の提案がなければこんなことしていなかった」

市民が巻き込まれないように話し合った結果こうなったのだ。

狙われるとしたら市外に出られる札を持つ鉱山員達だが、彼らには常に集団で行動するようにさせて護衛もつけた。全員が顔見知りだから紛れ込むのは不可能で、普通に行動していれば安全だった。だからわざと一部の市民に隙を作ってもらったりと、盗む場所を誘導したのだ。

「木の板に糊で貼るだけとはいえ、市民分の札の量産をお願いするのは心が痛みました」

「大変だっただろうな。関係者には報酬は弾もう」

　レオンは苦笑しながら言う。そんな姿を見上げながら、ジェラルドは考え込んでいた。

「ジェリーは不安なの？」

「は……はい。あんな立派な石が、もしも本当に盗まれてしまったら……」

　ジェラルドは子ども達と話をしていたから、戦時中のこと、兵器などの怖い話も聞いたのかもしれない。盗まれてしまったら大変なことになると怯えるのは当然だ。必ず守りきれるなどとは思っていない現実的なところは、疑い深いアンジェリカによく似ている。

「ああ、あの塔の上の石か」

　レオンはおかしそうにジェラルドの頭を撫でた。

「あれは盗まれても危なくはないんだ」

「あぶなくない？」

「そう。虹色に発光するよう細工した、少ししか魔力を持たない、置物として売り出す予定だった石だから」

　ジェラルドは大きく目を見開いた。レオンは彼から驚きを引き出せるたびに満足げに笑う。

「あれだけの大きさだからただの水晶だとしても値は張るが、どこでも買える程度の魔鉱石と考えると大した被害じゃない」

レオンはにやりと笑い、綺麗に輝くだけの石が映る水盆をちらりと見た。庭にあったら素敵だろうから買い手はいくらでもいるはずだが、それだけだ。

「騎士様、そこから北北東で別の光が動いています。もう少し右寄りです」

光の群れを追うよう指示を出す魔術師と、無言で動く騎士達。動きを見る限り、騎士達が抜かれて塔までたどり着くことはなさそうだ。複数の組織が関わっていたとしても、札が盗まれた数以上の数はいないから、彼らならどうとでもなる。

「ジェリー、見ててもつまらないぐらい地味だろう？　これを塔が完成するまでやるんだ」

「つまらなくないです。すごいです」

勉強が好きなだけあり、コツコツ積み上げていくのを見るのも退屈ではないらしい。

「そうか。じゃあ、もう少し見ていていいが、夜は子どもが眠る時間だということは忘れてはいけないぞ。子どもは寝ている時に育つんだ」

「今日だけです。いつもはよく寝て、他の子よりも育っています」

ジェラルドは学んでしまったことを堂々と言った。事実だから何も言えない。

「まあ、おまえは大きく見えるからなぁ。たまに頭が混乱するんだ」

同年代を知ることで、自分が普通よりも成長していると自信をつけさせてしまったようだ。

彼が好んで交流していたのは、見た目的には同年代以上。下手をすると大人に近い年齢の子達とも好んで話をしていた。

（もし学校に入ったら周囲が子どもすぎて嫌にならないかしら？　でも同年代の子達には、お兄さんのように優しく接していたから、可愛らしい人達だって受け流すかしら？）

　取り留めのないことが頭の中を駆け巡る。

「そういえば、レオン様も子どもの頃は同年代の男の子達を生温かく見守っていましたね。王子様だから誰も表立って突っかからなかったけど、ジェラルドは大した家柄でもないから、生意気だとか反発されないか心配だわ」

　受け流せるほど大人になれるなら心配はいらないが、そればかりは生まれ持った資質である。少しでも侮られるのは許せない者が世の中にはいるのだ。

「生温かい……」

　レオンは信じられないとエレオノーラを凝視した。信じられないのはエレオノーラの方だ。

「あら、自覚がなかったのですか？　レオン様の一部の悪ガキに対する視線って『お馬鹿な子だなぁ』っていうのが隠し切れていませんでした。もしレオン様の身分が低かったら、生意気だって食ってかかっていただろう人はたくさんいましたよ」

「それは知っているが、エラがそのように見ていたとは……」

　レオンはそういった感情をあまり表に出さないようにしているつもりだったようだが、今はともかく昔は隠せていなかった。

ジェラルドはその無表情さで隠しきれるだろうが、いつかできるだろう対等な友人達に察してもらえないのは不安だ。

そんなやりとりの間にも、縛り倒した何者かを、騎士達が別の場所に移動していた。

『魔術師殿、商団名を聞き出しました。ヴァレル殿に連絡を』

「ここにいます」

市内に残っている残党は、ヴァレルに任せておけばいい。

ジェラルドは大人達が動き出したのを見て、そちらに意識を向けた。

「でも、あの塔が偽物なら、この光を映すのに塔はいらなかったんですか？」

ジェラルドは水面に映る星々を指さして問うた。

「ああ。あの塔はな」

「じゃあ、どこか別の所にあるんですか？　そこの石は盗まれないんですか？」

「盗むのは難しいかな。この市内で一番警備が厳しいところにあるから」

察しのいいジェラルドでもさすがに理解できないのか、首をひねって考える。

「こういうのは、魔力源の位置を見ればわかるんだ」

考え込むジェラルドに、レオンはもったいぶって正解を導き出す方法を教えた。

「魔力源……姉さま……あっ……オルブラの塔と同じ」

塔と同じ『魔力源であるエレオノーラの真上にある』のが正解だ。

塔の上で無防備に輝いているから勘違いされているが、閉所に設置できないのではない。その方が外から見て観察しやすいからそうしたという魔術師達の都合であり、別に壁で囲っても問題なかったのだ。

「だから盗むには屋敷に忍び込まなければいけない。通路には罠あり、騎士あり、しかも隠し部屋。エラのついでに守れるから効率的だ」

「効率的……すごい」

守るべきものを分散させられるほど戦力がないなら、一緒にしておけばいいという魔術師達の提案でこのようになったのだ。

職人達を守るべきはドゥルスの人々だが、レオンが優先して守らなければならないのは、エレオノーラとジェラルドと魔術師達なのだ。それが集まっているから効率的である。

「安全になったら、本当の場所を教えようか」

「はい」

ジェラルドは嬉しそうに頷いた。隠し部屋というのは心躍るものである。

「さて、一段落ついたし、そろそろ十分見学できただろうから部屋に戻って寝てこようか」

「………はい」

ジェラルドはまだ見ていたいようだが、わがままを言わずに頷いた。引き時を理解している。

エレオノーラは窓の外に目を向けた。ここから見えるのは部屋から漏れる光に照らされる庭木ぐらいで、もっと窓辺に寄らなければ本物の月や星は見えない。

「エラ、窓には近づかない方がいい」

窓に顔を向けていただけのエレオノーラは、肩を掴まれて引き寄せられた。

「レオン様ったら。いくら窓から爆発物を投げ込まれたことがあるからって警戒しすぎです」

しかも前回投げ込んだのは大きな鳥だ。目標となる部屋を特定していたとしても、これだけ部屋数があると鳥では目的の部屋にはたどり着けるはずがない。

「見張っているのは理解しているのだから、その見張っている魔術師を無力化――」

バリン！

レオンの言葉に被さるように、窓が外から割られた。

「ええっ!?」

エレオノーラが驚きの声を上げると同時に、レオンに抱きしめられ、身体で庇われた。

そのレオンの腕の間から見えた。

何かを投げ込まれ、それが見えない壁に弾かれて外に跳ね返る様を。

「うわっ」

パンという弾けるような小さな音と、部屋の外から男の悲鳴だけが聞こえた。暗くて分かりにくいが、窓の向こう側に何か煙状のものが舞ったのだ。

「自分で投げたものに巻き込まれるとか、なんて間抜けな奴なの……」

ジュナが呟いた。

「ウィル、エラを」

レオンはそれだけ言うと剣を片手に割られた窓の残骸を蹴り破って外へと飛び出た。

「って、レオン様が真っ先に出てどうするんですかっ!?　毒とかっ」

ウィルの声を遮るように、レオンが飛び出た先で風が荒れ狂った。咄嗟にウィルがマントでエレオノーラの前に壁を作ったが、ガラスの破片が飛び散るようなことはなかった。

風は部屋の外だけを荒らし、室内には入ってこなかった。

「これだけ術者がいて、結界張ってないはずないでしょう」

エレオノーラを守ろうとした騎士達に向かい、ジュナが笑って言う。

塔を爆破されて以来、塔の周りは何があっても結界を張っておこうということになった。この屋敷も今やその塔であり、部屋は当然結界で守っているのを彼らは知っている。知っているが、咄嗟に庇ってしまうのは仕方ない。

「窓が割れてしまうのはちょっと問題ね。屋敷全体となると魔力を消耗するし」

などとジュナが言う間にも、騎士達はレオンに続いて外に出ていく。

レオンは地面に散らばったり、木に叩き付けられた男達を逃がさないように睨み付ける。

（そういえば、またレオン様が普通に剣を使う機会がなかったわ）

荒事に巻き込まれているのに、稽古以外で彼が剣を普通に使う姿を見られないのは、エレオノーラに血を見せたくないというレオンの配慮だとは分かっている。

風で吹き飛ばしたり、鞘のまま殴り倒したりするから、普通に出血はしていた。派手に血が出なければいいらしい。

「まだ近くにいるだろう、散れ。水盆を一つ、市内に切り替えて監視しろ」

「やっております。そこから右側の角、壁際に誰かいます」

「なら結界の強化とエラのことは任せた。あと、こいつらがもし死にそうなら治療を」

「はーい。お任せください」

ジュナの返事を聞いて、騎士達が散っていく。

「死にそうって……レオン様の風に巻き込まれて木に人がぶつかったのか？　死んでない？」

「あの人容赦なさすぎだろ。あ、まだ生きてた」

「念のため治療します」

魔術師の一人が窓から出ようとし、窓に残っているガラスを見て無理を悟り、別の窓から外に出た。

「やっぱり、レオン様的には血しぶきが出なかったら女子どもに見せてもいいのね」

「エラさんがけろっとしてるから、基準が緩くなってはいるんだろうけど……ジェリー君は大丈夫？」

「なにがですか？」

ウィルに問われて、ジェリーは首を傾げた。

「うん。似たもの姉弟ですね」

「ちゃんと守られているのに、怯える必要はないでしょう？」

「はい。姉さまに同意です」

ジェラルドも頷き、騎士と魔術師は笑った。

「この人たちは、爆発させて、星の入れ物を壊そうとしたんですか？」

「そうですね。他に戦力を割いてるから、屋敷内は手薄になってると思われたんでしょう。見張っているここを潰せば札なんて必要なく、何人でも送り込めます」

「そっか。じゃあ、他にまだ人がたくさんいるんですね」

エレオノーラはジュナに視線を向けた。彼女は頷き、もう一つの水盆を操る。

「鉱山寄りばっか見てちゃだめよねぇ。あ、いた。市外のここから一番近い宿場町との中間ぐらいの街道沿いの森の中、不自然に生き物が集まってる」

山の上に立てた塔で、監視の範囲がここまで広いとは思ってもいなかったのだろう。あっさりと居場所を見つけられ、皆は笑みを深めた。

「なら、森の中での野宿は禁止されてるから、それで雷を落とせるんじゃないか？」

「確認もしてないのに無茶なことをしようとするなっ！　宿代をケチって野宿してるだけかもしれないのに、そこまでしたらさすがに悪評が流れるだろう。直接確認に行く」

ヴァレルが声を荒げて相談を始めた魔術師達を止め、慌てて水盆をのぞき込む。

「ここが街道……街道から見つからないほど奥にいるということは、見つかったらまずいとは思っているのか。なら多少乱暴でもかまわないな。エレオノーラ様、こちらに兵を派遣します。そのために多めに雇っているので、屋敷の警備に関してはご安心ください」

「ええ、心配していないわ。みなさん頑張ってください」

「もちろん、装備の違いを思い知らせてやりますよ」

相手が手練れだとしても、装備に大きな差がある。ヴァレルが用意した私兵なら、下手をすると騎士達よりもいい装備を人数分揃えていてもおかしくない。

「なるべく怪我をしないように気をつけてくださいね」

「あ、じゃあ僕もついて行きましょうか」

魔術師の一人が手を挙げた。彼らは聖職者でもあるため、よほど才能がない者以外は治癒の術を覚えている。

「ありがたい。よろしくお願いします」

「いいえ。お互い様ですからね」

彼は人のいい笑みを浮かべる。先ほど雷を落とそうと提案した本人の言葉とは思えなかった。味方なら安心だが、敵には回したくないなと思ってしまうのは、仕方のないことだろう。

「さて、今夜は長くなりそうだから、ジェラルドは部屋で休んでいなさい」

「部屋で、ですか？」

ジェラルドは眉間にしわを寄せた。

「やっぱり一人だと不安かしら？　そこに置いたわたしのベッドで寝る？」

「いいの？」

「今日は特別よ？　本当は一人で寝なきゃいけないんだからね」

「はい。今日だけです」

ジェラルドはこくこくと頷き、エレオノーラの腰にぎゅっとしがみついた。


俯瞰している騎士達は、浮かれているように見えた。

わざと殺さなければ何をしてもいい相手というのは、剣士にとってはありがたい存在だ。しかも札を配った後で鍛冶屋（かじや）がやってきて、でき上がった分だけでもと魔剣を納品してくれたのだ。それを手にした幸運な者は、浮かれてしまっても仕方ない。

ジェラルドには見せたくない光景だが、彼は今ベッドの中でよく寝ている。ジュナが眠れるように術をかけてくれたので、可愛らしい健やかな寝息が聞こえる。おかげで荒事が続く市内の様子を堂々と見ることができた。

幸いにも荒事が起こるのは市民もが予想していたから、窓から外をのぞく者はいても、騒ぐ者はいなかった。もし家の中に入ってきたら受けて立つとばかりに、武装している市民もいたが、外には出てこない。常に札を身につけ、家から出るなという意味だと受け取ったようだ。

もちろんまったく声がかからないわけではなく、宿の主人が合図を送っていると通りがかったレオン達に教える住人もいた。つい最近まで隣国から狙われていたから、そういった住民間で通じる合図があるのかもしれない。

レオン達がその宿に向かうと、すでに警備兵が囲っていたから出番はなかった。代わりに市外で待機している集団を闇討ち(やみう)しに行くヴァレル達に出くわし、レオンはそちらに合流することにしたようだ。

その一団の中には、屋敷にいるはずのテオの姿もあった。魔術師達から出禁にされていたため水鏡の部屋に姿がなかったが、出て行くヴァレルに声をかけたようだ。犯人がもしガエラスの人間なら、盗み出した魔宝石を使った兵器を真っ先に向けられるのはテオ達だから、他人事(ひとごと)ではない。技術者の大半は拘束されたり自由を制限しているが、行方(ゆくえ)知れずになっている者もいるのだから。

レオン達だろう光の群れは少しずつ移動する。そして、さらにゆっくりと森の中の光に接近していった。

『待機している奴らは、札の説明の全部を信じていないだろうな。だからわざわざ離れた場所で様子をうかがっている。ここは小高くなっていてドゥルスを監視しやすい場所だそうだ。合図を待っているんだろうね』

　レオンの囁き声が、机の上の魔導具から聞こえた。

『もっと威力の高い爆薬を投げ込めば合図と装置の破壊ができて一石二鳥だっただろうに、やらなかったということは研究者も手に入れたかったんだろう』

「まあ、技術が欲しければ奪うのが手っ取り早いですものね。奪っても使えないけど」

　ジュナが言葉に応えると、レオンは苦笑した。

『奪っても使えないのも信じていないんだろうな。エラ一人で支えられる程度だから、数人を揃えれば再現可能だとでも思ってるんだ』

『ああいう奴らは本当の意味で使い捨て上等だからね。神聖魔法と相性悪すぎだよ』

　と、テオの声も聞こえた。彼にジュナの声が聞こえているのではなく、レオンの言葉を聞いての発言だ。

　エレオノーラが来る前、オルブラの塔は弱ったら入れ替えたりと気を使っていたが、ガエラスでは必要ならば死ぬまで絞り取っていたのだ。

『エラさんも手に入るなら欲しいだろうから、爆破の威力も小さかった』

　魔術師達がため息をつく。

「どこの誰だとしても、許しがたい連中だということに変わりはないということですね」

『その通りだ。クロードや仲間達の仇でなくとも、許せるはずがないだろう』

レオンの苛立ちを隠さない声に、皆は同意した。当時を知る者には共通する思いなのだ。

水盆では森に隠れる彼らの姿は見えない。代わりに見えたのは森に潜む者達だ。

彼らは街道からは見えないように、少し開けた場所で小さな火をたいている。そのおかげで、上からでもその様子が見えた。

木々に隠れて全員が見えるわけではないが、数はそれほど多くない。どんなに隠れていても二十人を超えることはない。ヴァレルが連れている傭兵や元志願兵達を合わせれば数の有利を取れている。その情報を基にレオン達は素早く彼らを包囲した。

『やはり強襲するには人数が少ないな。慌てさせて正解だったようだ』

レオンの笑う気配がした。神の怒りという未知の驚異を恐れているので数を揃えられず、時間がないから手練れをかき集めるのも難しかったはずだ。

「合図がなくて苛立ってますね。そのうちしびれを切らして注意がそれるかも」

薄暗い森を観察していたジュナが言う。レオンは言われずとも様子をうかがい続けた。

しばらくすると彼らは様子を見に行くか話し合う。その会話で、周囲を警戒していた彼らの意識が、判断を下そうとしている一人に集中した。

『よし、さっき襲ってきた連中を知っているようだし、行くか』

宿代を惜しんで野宿する無関係な人々という可能性がなくなったため、レオンは手で合図をしてから、忍んでいた木の陰から半身を出し、抜き身の剣を静かに振り下ろした。

突然突風が巻き起こり、視線をドゥルスに向けていた彼らは背後からの攻撃で前のめりに倒れた。倒れただけならいいが、巻き込まれた枝や石がぶつかり昏倒したり、吹き飛んで幹にぶつかったりと、痛々しい音が響いた。

混乱が収まる間もなく、レオンは真っ先に飛び出て体勢を立て直そうとしていた男の腰を蹴り倒した。それに続いて他の騎士達も奇襲を掛ける。

レオン達は男達の間を通り過ぎ、逃げようとした別の男達を追って木々に消える。そこから先は見えなかったが、しばらくすると首根っこを引きずって戻ってきた。他の者達よりも、身なりがよく、知的な雰囲気の男を捕らえていた。

「さっき注目を集めてた男ね。魔術師かしら？　テオ様が知っている人だといいんだけど」

ジュナが呟く。当然だがついてきただけで戦力になるつもりのないテオの姿は見えない。

身なりのいい男が捕まったのを見て、抵抗を続けていた武装した男が声を上げてレオンに斬りかかる。しかし焦ったその攻撃をあっさりとかわして通り過ぎざまに足を引っかける。隙ができたのを逃さずレオンは転んだ男に手を向けた。すると男はびくりと震えて動かなくなった。

「感電させたようね。さすが手際がいいわ」

ジュナが教えてくれなければ、何があったかすら把握できなかった。

『雇われただけの者は大人しく投降しろ。抵抗しなければオルブラ伯の名に誓って殺さないし、騙されていたものとして温情が与えられるだろう』

レオンが言うと、何人かが抵抗をやめた。

『無闇（むやみ）に殺すなよ。死人に口なしだ。一人でも多い方がいい』

慣れた様子で指示を飛ばしながら、別方向から斬りかかってくるのを、捕まえていた男を振り回して動きを制した。

斬りかかった男の動きが鈍ったのは、男が重要人物だったからなのかは分からない。しかし隙ができたのは確かで、その背後から騎士に剣の柄（え）で殴りつけられた。

「うーん、さすがはレオン様。奇襲され慣れているし、襲われ慣れている」

魔術師達が賞賛する間にも、不意を突かれた賊達は、抵抗して切り捨てられたり、武器を捨てて両手を挙げたりと、鎮圧されていく。

どんな実力者も、不意打ちすればどうとでもなるのだと、父の言葉を思い出す。

(相変わらず、レオン様は剣を剣として使わなかったわね)

生け捕りにしたいという思いがあったにしても、剣であるのを忘れているのではないかという気すらしてくる。

『ちゃんとおまえを助けようとしてるな。殺して口を封じようとかされなくてよかったな』

レオンが捕まえた男の後頭部に手を当てると、抵抗していた男の動きが止まった。彼は気を失ったようだ。

『さて』

レオンは空を見た。まるで天の目が見えているかのように、にっこりと笑う。

何か言葉を待っているのかと戸惑いながらも、エレオノーラは水盆に声を掛けた。

「さすがはレオン様。あっという間でしたね。これで皆も安心して眠れるでしょう」

『ああ、そうだな』

彼は心なしか、物足りなさげな声音で頷いた。

ジュナが眉間にしわを作っているから、気のせいではない。

「やっぱり、騎士様は民のために戦ってこそ輝きますね」

『ん、そうだろう』

しかしまだ物足りないらしい。

「特にレオン様は……血をあまり流さないように気を使っていますよね。感謝します」

その後、彼らがどうなるのかは知るところではないが、最終的には普通に罪を償うはずだ。

『……気づかれていたのか』

「気づきますよ。自分をよく見せるだけなら、バッサバッサと斬り捨てた方が見栄えがいいんですもの」

それをせずに成果を出せるのだから、彼はすごいのだ。

「レオン様のそういうところ、好きですよ」

褒めて欲しがるくせに気遣いは知られないようにするのだ。分かりやすく行動して、褒めろ褒めろと言う男ならもっと適当にあしらっていたが、気遣われると感謝してしまう。

親切にされるのは嫌いではないが、得意でもない。だから下心からの親切心を押しつけられるのは鼻につく。オルブラ伯になってから、うんざりするほどの不快な親切を受けた。

だからこそ使用人達はエレオノーラに知られないように隠れて親切をしてくれる。自己満足だから知られなくてもいいと思っているのだ。

それを率先してやっているのが、エレオノーラに好かれたいはずのレオンなのだ。

どこか抜けているいじらしい愛は、彼の愛すべき美点の一つだ。

『え……あっと……お』

『レオン様、とりあえず終わりましたので、残党がいないか回ってきます』

何か言おうとしたレオンの言葉を遮って、騎士が報告をしに駆け寄った。

『ああ、そうしろ。偵察に出ている可能性がある。その他の者はこいつらを運ぶぞ』

レオンは何事もなかったように指示を出す。

『エラ、しばらくかかるから、先に休んでいるといい。ジュナ、念のために周囲に変な動きをしている生物がいないか確認だけしたら、こちらを見張る手を偽の塔の方に向けてくれ。騒ぎに紛れて他の勢力が動くかもしれない』

「かしこまりました。では一度音が切れます。何かいればもう一度お声を掛けますし、伝えたいことがあれば、装置に魔力を流してください」

『わかった。あちらは任せた。気は緩めるな。俺ならそういう時に動くからな』

　ジュナがレオンの返事を聞くと、肩をすくめた。水盆は周囲の生き物を確認するために星のような光を映した。周囲に大きな生き物がいないため、範囲を広げて見るも、怪しい場所にある動く光はなかった。

「……普通に『素敵です』とかでも言っとけばいいものを」

　ジュナが肘（ひじ）でエレオノーラを突いて言った。

「そんな、とりあえず言いましたみたいな言葉じゃ、満足しなさそうじゃないですか」

「喜んでたからいいんだけど、そういうのは二人の時にしなさいよ」

　魔術師達はくすくす笑いながら水盆の操作をする。

（レオン様が求めていたのは、魔術師に聞かれて恥ずかしくない程度の、軽いやりとりだったから、言いすぎたってこと？）

「別に、そんな大したことは言ってないじゃない」

「大したことないけど、普段言わない女が言うことじゃないでしょ」

「……そんなに言ってない？」

「言わないでしょ」

　自分なりに表現しているつもりだが、伝わっていないのかもしれない。

「改めるべきかしら？　そういうの、苦手で逃げてたけど」

「別にいいでしょ……あ、仮塔の近くの人。札持ってない生き物が近づいてる。一匹だけだからクマか何かかもしれないから気をつけて」

『すぐ対処する。猟犬を借りてるからなんとかなると思う』

仮塔の近くの光が速やかに動いた。

今夜はまだまだ長くなりそうだ。

部屋に太陽の日が差していた。その中でも、魔術師達は静かに慌ただしく動いていた。

天蓋をめくると麗しの姉弟は仲良く、すやすや眠っていた。二人は寝相がいい。

「賑やかなのによく寝ている。夜更かしさせてしまったな」

本人はぐうたらしていると言うが、十分働き者だ。本当にぐうたらしている人は自分からできることを探して働いたりはしない。身を飾るために侍女を連れて行こうとするし、服も山ほど持って行こうとする。しかし彼女は着ない服を持ち込もうとはしない。市民と会うだけなら普段着だけでいいだろうと、念のためにドレスの一着を持って行くよう説得されるほどだ。

彼女は飾らなくても美しいからそれで威厳を保てるが、ある意味傲慢な言葉でもある。

「ふふ、可愛い」

　自覚のない美女というのは、自分だけがその魅力を知っているように感じて、たまらなく愛おしい。みんな知っていることだとしても、こんな寝顔を知っている男はレオンだけだ。

「ただいま」

　眠る彼女の額に唇を落とす。よく寝ている彼女は目を覚まさない。動かないから、彼女の顔立ちをよく観察できる。婚前でこのような姿を見る機会は、いかに婚約者でも滅多にない。

　クロードとは違う女性らしい丸みのある頬や額。ふっくらとした赤い唇は母親に似ている。父親に似ていると言うが、印象的な目元が似ているだけで、彼女も母親の美貌（びぼう）を受け継いでいる部分はたくさんあるのだ。

「ああ、綺麗だな」

　財産目当てで近づいた男が、彼女を目の前にして本気になるのも仕方ない。

　本人が寝ているから、もう一度ぐらいキスをしてもいいだろうと唇を寄せようとした時、目が合った。エレオノーラではなく、ジェラルドと。

　彼は慌てて目を伏せて寝ているふりをした。普段より感情豊かになっているのがおかしい。

「おや、起きたか。おはよう、ジェリー」

　仕方ないので、エレオノーラではなくジェラルドの額に唇を落とす。

「お、おはようございます……」

「エラには内緒な。おはようのキスができなくなる。エラはそういうところ厳しいから」

レオンはジェラルドの頭を撫でながら言う。彼はこくりと頷いた。

「レオン兄さまは、アンジェ姉さまが言っていたとおり、エラ姉さまをすごくあいしてるんですね」

予想外のことを言われて、レオンは面食らった。しかし彼にとっては、離れて暮らす姉が愛されているのは大切なことなのだ。

「もちろんだ。子どもの頃からずっと憧れていたからな。俺は世界一幸運な男だ」

彼は悩ましげに頷いた。

「レオン兄さまみたいな人ばかりだったらよかったのに……」

「それはアンジェのことか？　彼女に蟻（あり）が集っているのは、申し訳ない。昔から彼女だけを想（おも）っている男もいるんだが、あれだけ蟻がいたら見分けがつかないものな」

「はい。とても腹が立ちます。でも、ぼくでは守ってあげられないんです」

ジェラルドの情緒を心配して送り出したアンジェリカは、自分に向けられている感情は理解していないのかもしれない。エレオノーラよりは理解しているが、本物の好意と下心の区別はレオンも難しい。

「じゃあ、彼女の守り方も教えてやろうか。力のない子どもでも、自分の立場と言葉を理解していたら人を守ることができるからな」

レオンはそれをよく知っている。利用できるものは何でも利用して生きてきたのだ。

妹が大丈夫だと分かれば、エレオノーラも喜び、レオンへ感謝してくれる。その視線と言葉が今から楽しみだった。

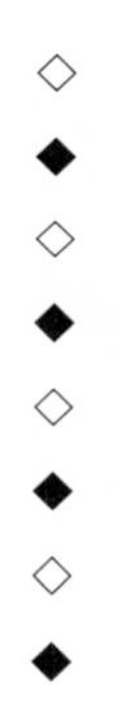

一週間、エレオノーラは塔の下で眠った。あれ以来大きな動きはなく、少人数で仮塔に近づく者はいたが、騒ぎになるような動きはなかった。レオンが動くほどのことがなくなり、ジェラルド達に遊びながらできる鍛え方を教えたりと時間を潰していたほどだ。エレオノーラも女の子達にぬいぐるみの作り方を教えたり、のんびりと過ごした。

そして今日、大工達の手伝いで公園の中、屋敷の出入り口の脇（わき）に金属の塔が建てられた。

結局、テオの案が採用されたのだ。守りやすい場所にあるのが一番安全だと。

長い金属を組んで作られた塔と呼ぶには寂しい状態のそれを、市民達も見上げていた。

「ジェリー様、この鉄の柱が本当にオルブラみたいな白い塔になるんですか？」

「人が中に入らないから細いんだって。本当は自然の中の方がいいらしいけど、活気のある場所でも似たような効果があるから、純粋な子どもがあそぶ公園は条件がいいらしいよ」

「え、おれら純粋なの？　これじゃあ、いたずらはできないなぁ」

ジェラルドが友人に問われて答えた。これで子ども達が少しだけでもいい子になれば、親から感謝されそうだ。

レオンはそれを見て苦笑した。彼らに遊びを教わったことで、ジェラルドが自分よりも少年達と一緒にいることが増えてしまい、寂しさを覚えているらしい。もちろん分からないことがあれば聞きに来ているから、意識が広くなったと喜んでもいる。

「さ、準備ができたから、君たちも少し離れてて」

ジュナが子ども達に声を掛けると、塔の真下で見上げていた彼らは親たちの居る場所まで後退した。彼らがいた場所に、魔術師達は清められた土と白い砂と水をばらまく。

「エラ様はこれを持って、ここにいてくださいませ」

エレオノーラはこぶし大しかない水晶を魔術師に渡され、砂の上に立った。

「さて、失敗してもやり直してあげるから思い切ってやってみなさい」

年季を感じる老齢の魔術師が若い魔術師達に声を掛けた。ジュナが塔の前に膝(ひざ)をつくと、他の魔術師達も同じように膝をついて聖句を唱え祈りを捧げる。

派手さのない地味な光景だと思った。しかし、しだいに大地が輝き出して景色が一変する。

エレオノーラを中心に、大地が白く輝き出したのだ。

「わっ」

近くにいた子どもが、踏んでしまっていた光から飛び退(の)いた。

しばらくすると輝く大地が浮き上がる。実際に浮き上がったのは巻かれた白い砂だが、大地が浮き上がったように見えるほど輝いていたのだ。

塔も光に包まれていき、光が天辺に到達するとまき散らした土砂が光に沿って流れていく。天に向かって浮き上がっていくのに、まるで砂が落ちるようにさらさらと流れていくのだ。

そのまっただ中にいるエレオノーラは、光に包まれて周囲を見回した。まぶしいが、目をつぶったり、市民が口を開けて驚いているのが見えないほどではない。

生まれて初めて体験する、幻想的な光景だった。

いろんな美しいものを知っているだろうレオンさえも、わずかに口を開いて呆然（ぼうぜん）としている。

「エラ様」

指導をしている魔術師に声を掛けられ、エレオノーラは手にしていた魔宝石を掲げた。オルブラのものと比べるとずっと小さな、こぶし程度の大きさしかない石だ。

それでも魔宝石はオルブラの塔の上と同じ虹色に輝き、ふわりと浮き上がって輝きの流れに乗って塔の上へ流れていく。魔宝石が塔の天辺にたどり着くと、光が弾けた。柔らかい光が公園を包み――白い塔が完成していた。

余韻のように、塔に組み込まれなかった白い粉がきらきら輝きながらゆっくり舞い降りる。

「……本当にあの塔は魔術で造られてたんだ」

誰かが呟いた。そのとたん、塔を造っていた四人の魔術師がばたりと倒れた。

「ジュナ⁉」

「きっつ……これ、きっつ！」

　全員意識はあるらしく、ほっとする。

「そりゃあオルブラの塔を造る時は、全員でやったからねぇ。それでも大変だったけど。じゃなきゃ、魔術の建物はもっとたくさんあるよ。自前じゃないと素材と人件費が割に合わない」

「そりゃそうだ。この白い粉も魔鉱石だから、他だとそもそも素材が手に入らない。この落ちてくる粉を集めただけでも、そこそこの値段になる」

　ヴァレルが舞い降りてきた白い砂を手で払いながら言う。

「この人数でできたのは、操作以外はエレオノーラ様の魔力をお借りしたからさ。エレオノーラ様の魔力を魔導具に頼らず操作するのもきついだろうけど」

　魔力を操るのも大変らしい。その才能が皆無なエレオノーラは、その苦労だけは理解できる日が来ないのだ。

「ジュナ、立てそうにない？　だれか、皆をベッドに運んであげて」

　エレオノーラが頼むと、使用人達が駆け寄ってきて魔術師達を屋敷に運び入れた。連日、交代で山の見張りを続けていたから疲れもあるはずだ。

「ゆっくり休んでちょうだい。欲しいものがあったら遠慮なく頼んでね。報告もするから、今はちゃんと休むのよ」

エレオノーラが言うと、ジュナは諦めたように無言で手を振った。疲れてはいるが、今はやりきった充実感で満たされた顔をしている。生まれた時にはすでに塔があった彼女達にとって、得がたい経験になったのだ。

しかし彼らは少し回復したら、経過観察に参加したがるはずだ。しばらくは強制的に休養をとらせる必要がある。

「エラ様は大丈夫ですか？」

儀式に参加しなかった老齢の魔術師に問いかけられる。

「え？　わたし？　うーん……むしろ身体が軽い？」

「そうですか。大丈夫ならいいのです。ええ、エラ様はそうでしょうとも」

彼は腕を組んでうんうんと頷く。呆然としていた市民達は、魔術師が運ばれるのを見て我に返り、手を叩き始めた。

「さすがはエレオノーラ様とオルブラの魔術師！」

「あんな綺麗な光景は初めて見ました！」

そう言って、手を叩くのだ。

大したことをしていないエレオノーラは、魔術師達と並べて称えられて戸惑った。気まずくなり、静かにレオンの隣に戻る。彼はそんなエレオノーラを見て、ふらふらと近づいた。

「レオン様？」

首を傾げると、彼はいきなりエレオノーラを抱きしめた。

「ああ、エラ」

感極まったように強く抱かれ、外から見た先ほどの光景は、それほどまでに内側で見るよりも感動的なものだったのかと戸惑う。

「輝きに包まれる君は、本当に美しかったよ。光の女神かと思った。そのまま消えてしまいそうではらはらしたよ」

エレオノーラはレオンの顔を見上げようとしたが、抱きしめられているので彼の側頭部しか見えなかった。

「レオン様？」

「ああ、すまない。感激のあまり衝動的になっていた」

レオンはエレオノーラから離れると、手を取り、指先に口づけた。その口づけは、いつもよりも熱がこもっていて、市民達が息を呑む音すら聞こえた。

エレオノーラは「ご冗談を」と返したいところを呑み込んだ。

冗談にしてしまうのは、違う気がして微笑んだ。

「お疲れ様でした、エレオノーラ様」

近くで見守っていたヴァレルに声を掛けられた。これ以上長引かせると気まずいぐらいの、ちょうどいい頃合いだった。

ここは公園で、公衆の面前であることを忘れてはいけない。

「上手くいったようで安心しました。しばらく様子を見て調整するので、札はまだ手放さないように伝えてください」

「はい。間違っても捨てないように通達していますからご安心を」

いかにもありそうで、エレオノーラは苦笑した。

「しかし、本当にあの程度の石で大丈夫なんですか？　盗まれても害がないギリギリぐらいと言われて用意したものなのですが」

ヴァレルが塔の天辺で太陽の光を受けて輝く石を見上げて問う。

「ああ。実際に山を歩いたら監視する範囲を絞れたらしい。忍び込める先は絞られるのに、人が通れない場所とか監視しても意味ないだろう？　辺鄙な場所は、オルブラで定期的に確認しているからな。もし必要を感じたら、その時に石を取り替えればいい」

「なるほど。確かに今までの罠でもどうにかなっていましたからね」

「今までみたいに警報が鳴るたびに周囲を実際に確認しなくてもいいだけで、楽できるだろう？　最先端の魔術で監視されているって思うと、侵入する側も嫌がる」

「心理的なものですか……それなら……」

ヴァレルは目を伏せて考え込む。

「どうした？　何か考えがあるなら言ってみるといい。荒唐無稽と思えることでも、可能かどうかは考えてみないと分からないからな」

「一つ、考えがありまして。よろしければ屋敷内で落ち着いて話をしませんか？」

ヴァレルの提案に、拒絶する理由がなく頷いた。

エレオノーラは久しぶりの自分の部屋に残したぬいぐるみ達と再会し、ふぅと一息ついた。

「自分の部屋は気が抜けるわね」

オルブラの自分の屋敷の自分の部屋に戻って、エレオノーラは緊張を解いた。楽をしていたつもりが、思ったよりも気を張っていたようだ。ジュナ達は調整や動かし方の説明を役人達にしなければならないといって、まだしばらく帰らない。しばらくしたら、参加したい他の魔術師達と交代させられるだろう。

「ドゥルスでは、またレオン様の大捕物があったとか。大変でしたね」

エレオノーラの荷物を整理しながら侍女が言う。

「そうね。わたしは塔と同じでいるだけでよかったから、楽だったけど」

ジェラルドは学習能力が高いため、すっかり遊ぶことにも慣れていた。同年代の幼い言動や、馬鹿な発言も受け入れていたから、一般的な子どものやりとりは大丈夫そうだった。

このまま少しずつ交流を広げて、どんな相手のどんな言葉も受け流せるように育ってくれればアンジェリカの不安も解消されるだろう。

「荷物を任せてもいいかしら。あ、その包みはみんなへのお土産よ」

侍女が手にした、小指の先ほどの小さな魔鉱石が大量に入っている袋を指さした。

「ありがとうございます！　浄化用の水晶ですね！」

「眠りがよくなって、風邪をひきにくくなるらしいの。みんなでわけてね」

「はい。いくつあってもいいものですから、みんな喜びます！」

エレオノーラよりもよほど扱いを知っているから、説明の必要はなさそうだ。

部屋を出ると、慌ただしく荷物を運ぶ使用人達を横目に、レオンの元へと歩いた。

「それは金庫室へ運ぶんだ。落とすなよ」

特別なものを運ぶ騎士達の怯える姿に、レオンと使用人達が笑っていた。

「怖いことをおっしゃらないでください。そういうのは言葉にすると現実になるんですよ」

「レオン様、片付けは時間がかかりそうですか？」

「いや、数は少ないからすぐにすむ」

「大変なほど数があったら怖いですけどね。ヴァレルさんが預けるほどだから、一つでとんでもない力があるんでしょう？」

エレオノーラは赤ん坊のゆりかごほどの大きさの、運搬用の布に包まれた箱を見た。

この中にドゥルスに封じられていた魔鉱石が入っている。

「あ、残りは一番守られている塔に持っていく分だから下ろすなよ」

「レオン様、怖いんですけど。これを馬車に乗せてるのも怖いんですけど」

「後少しだから我慢しろ。赤ん坊を運ぶぐらいの慎重さで、気軽に運べ」

騎士達が涙目になる。赤ん坊を渡されて、緊張しないのは子守をしたことがある者だけだ。

「うう、気軽は無理ですって」

「仕方ないだろ。一番安全な所っていったらオルブラなんだから」

ヴァレルの提案は、ドゥルスの宝物庫の仕組みを知っている者はごくごく一部のオルブラ関係者だけだから、いくつかの石をオルブラで保管しておけばドゥルスから目をそらせるのではないかという提案だった。

手を出せずに傍観していた者の中には、石の質を見極めるために魔術師もいた。そういった魔術師の横を通り過ぎれば、本物を移動させていることが分かる。力の強い魔鉱石を移動させたという情報は確実に広がる。

滅多にないと思われているから、いくつも運べばすべて運び出したと勘違いしてもらえるかもしれない。オルブラは元々塔の上で皆の目にさらされているので、警備がしっかりしているのは知れ渡っている。さらに神の怒りで有名になっている。だからより安全な場所に移したとしか思われない――といいなという希望的な判断だ。

運んだ石の中で封印されていた本物は実は二つだけで、その他は魔術師達が好きに使っていい石である。

「本当のところ、どちらが盗みやすいんでしょうね」

「もしそんな任務を受けたら、どっちもいやだな」

レオンが顔をしかめて言う。

「内部を知ってるレオンでも嫌なんだ」

「知ってるからこそ嫌だな」

からかうように声を掛けてきたテオに、レオンは不機嫌に返した。

「ん？　テオ、何を持って来たんだ？」

テオの従者達は見知らぬ木箱を持っていた。

「ああ、これ？　ジェリーと約束したものだよ。ジェリー、母君が気に入りそうか、確認してくれないかな」

と、彼は箱を置かせて中身を取り出す。反物だった。

「美しい生地だろう。薄くても暖かいから、美しさと防寒を両立させたい女性に人気なんだ。お母様への土産に悩んでいるって聞いて、生地を提案したら見てみたいって」

いつの間にか彼はジェラルドをそそのかしていたらしい。彼の社交性は驚くほど高く、王族で研究者だというのを忘れそうになる。

ジェラルドは広げた生地に触れ、こくりと頷いた。

「とてもすばらしいです。ありがとうございます。母はキレイで珍しいものが好きだから、これならきっとよろこびます」

「いいんだよ。美女が身につけてくれるならいい宣伝になる」

「はい。母さまはとてもおキレイな方だから絶対にあいます」

ジェラルドが自信を持って頷いた。

彼が理解しているかわからないが、美しい未亡人に男達が群がっていたのは知っている。エレオノーラのこともあって目立つ立場だから、いい宣伝になるというのは間違いないはずだ。

「それは楽しみだな。これは僕の母の故郷の名産品なんだ。クズみたいな魔鉱石しか出ないけど、それでも草に魔力が宿るから、それを食べた羊の毛は特別なんだよ」

「そんなに特別なんですか。うれしいです」

ジェラルドは生地を見て満足したようで喜んだ。レオンがご機嫌取りに魔宝石を贈っていたので、特別が好きな母に同じようなものを用意しても珍しくないと判断していたようだ。

彼はまだ母が持っていない特別を手に入れて嬉しそうだ。

「お母様か……まだ乗り込んできてなくてよかったわ」

帰ってきたら母が居たという最悪の場面も覚悟していたから、エレオノーラはほっと胸を撫で下ろした。

「エレオノーラ様、お母君のことですが……」

控えていた執事に声を掛けられ、エレオノーラはドキリとした。

「な、何？　まさかやってくるとか連絡が⁉」

母にはジェラルドが無事にたどり着いて、鉱山と鍛冶場を見に行くという手紙を送った。母も満足しそうな体験をさせるという内容で、不満に思われることはないはずだ。

「それは分かりませんが、お手紙が届いております」

彼は懐から手紙を取り出した。二通だ。アンジェリカと母からだった。

迷わずアンジェリカの手紙を手にして中身を確認する。

「よかった。ジェラルドがいい経験ができているようでお母さまは納得してくれているって」

「本当ですか？　ああ、よかった」

ジェラルドが珍しく分かりやすい安堵の表情を浮かべていた。幼い彼から見ても、そこが心配だったようだ。

「行き来がしにくくなる冬までには帰ってきなさいって」

「え、そんなにいてもいいの？」

「あまり短いと、学びたいことも学べないでしょうって。魔術の基礎を魔術師に直接学べる場所なんてそうないから」

身内に魔術が使える人は多いが、感覚で使っているから彼らの知っていることが正しいとは限らないのだ。

「そっか。専門家がいるから……うれしい。がんばります」

レオンと顔を見合わせ微笑み合う。すでに話をしているから、誰が教えてくれるかは決まっているはずだ。

「じゃあ、塔に運ぶついでに、先生になってくれる魔術師に挨拶をしなきゃな」

「もう決まっているんですか？　行きます！」

魔術師達は知識に貪欲だから勉強熱心な子どもが好きだ。その上才能があるのだから、熱心に教えてくれるはずだ。信心深い彼らは使う魔術も外聞がいいものなので母も満足する。

たまにとんでもないことをするが、基礎だからその心配はない。

「母さまのお手紙にはなんて書いてあるんですか？　できるだけ早く帰ってきなさいみたいなことは書いてませんか？」

母をよく理解している末弟はありえそうな不安を口にした。

エレオノーラは母の手紙を広げ、目を通す。

「アンジェに下心しかない見合いの申し出が来ているから、対処してくれるなら早くお願いしたいって。リストの人数が増えたのね」

「ウィルの父上に追加でお願いしないといけないないな」

「何かお礼をしないと。飾りがいのある武具なんてどうかしら？」

面倒くさい仕事のはずだ。身内のことなのでエレオノーラから何か贈った方がいい。

「竜の意匠の剣と盾だと喜ぶな。職人達も作りがいがあるだろうし。あの人にはこれからも動いてもらうから、一度大きなお礼はしたいと思っていたんだ」

「あんまり大げさにしなくていいですよ。大した労力じゃないですし」

ウィルが慌てて首を横に振った。

「父にあげるなら私にください」

「なんでおまえにやらなきゃならないんだ。飾って自慢してもらうんだよ」

レオンに睨まれ肩を落とす。

エレオノーラは母からの手紙の続きを読んだ。勉強については書いてなかったが、風邪などひいていないかなど、身体の心配はしていた。

「あっ」

ジェラルドの健康についての心配の後、ようやくエレオノーラについて書かれた部分にさしかかり、声を上げると閉口した。

「どうした?」

「あの……式はいつになるのって。アンジェの服を仕立てなきゃいけないから、季節だけでもはっきりしてって」

いつかは実現すると思っていたが、忙しくてそれどころではなかった。しかし最近はレオンも部屋にこもりっぱなしということはなくなり、余裕が出てきた。

レオンは目を見開き、戸惑うように視線をさまよわせる。

「いつ……か。まさかお義母様にそのようにせっついてもらえるとは。身内に祝福してもらえるのは、嬉しいものだね」

彼は嬉しげに、ほんのりと頬を染めて言う。幼い頃に母を亡くした彼は本当に嬉しそうで、ジェラルドをかまうのは、家族が恋しいという気持ちもあるのだと気づく。

母にもこの反応を伝えようと決めた。彼女は母性が強いから、好感を持つはずだ。

（政略と恋愛の延長ぐらいの気持ちでいたけど、結婚って、家族がふえるってことだものね）

考えに齟齬があるのに気づき、お気楽な自分に呆れてしまった。もっとしっかりしなければいけない。

「そうだな……雪解けの後……忙しい時期を避けるならもう少し後かな。来年の初夏なら現実的か。ドレスもでき上がる頃だろうし」

しっかりすると決めたばかりのエレオノーラは、彼の言葉にびくりと肩を跳ね上げた。

「ド、ドレス……？　まだ決めかねてるんですよね？」

エレオノーラに希望はないので、提案された中から決めることにしているのだ。

「準備は、しているよ。そのために必要な素材とか生地を用意しているところだ。細かいところは、仕立て人達があぁでもないこうでもないとなかなか決めかねてるんだが、方向性は決まったらしくて、そろそろエラにも相談をと思っていたんだ」

レオンは熱を持った頬を冷ますように手を当てた。

「エラがそれでいいなら、手紙にはそう書いて送り返してほしい」

恥ずかしそうに、しかし断られるとは思ってもいない顔で言う。

一瞬、少しだけ意地悪をしたいような気もしたが、彼のこんな照れた顔を前にすると、そんな意地悪な気持ちはどこかに消えてしまう。

「はい。そのように手紙を返します。ただ、母が用意したいものもあると思うので」

普通は娘のドレスを手配するのは母親の役目だ。それを自分で勝手に用意してしまうのだから、細かく弁明を書かなければならない。

いつかと思っていた日が、いつ頃になるかわかると、薄かった実感が色づいていく。

「来年か……遠いようで、きっとあっという間なんでしょうね」

嬉しい時はあっという間に過ぎるものだ。それまでに身につけたいことがすべて身につくかは不安である。

「ああ、嬉しいよ」

レオンはいきなり、エレオノーラを抱きしめた。先日は理由があったが、今回は突然の抱擁に心当たりがなくてエレオノーラは戸惑った。

「え？　えっと……」

いきなりのことで戸惑い、エレオノーラは困惑する。

「ああ……また感極まってしまって。君が式を面倒くさが……積極的に考えてくれていて」

「面倒くさいって、さすがにそこまでひどくはないですよ」

家の中でいつものように過ごすのが好きとはいえ、お祭り騒ぎが嫌いなわけではない。

「あと、式を挙げれば嬉しい時にキスもできるようになると思うと、嬉しいな」

「それは籍を入れてもだめです」

「そうかい？」

少し寂しそうに言う。彼は思ったよりもはっきりとした愛情表現をしたい人なのかもしれない。嫌ではないが、人前での節度は大切だ。これを許してはいけないと、家出を決めた時のような第六感が囁くのだ。

「ちょっとレオン様、話が決まったんなら、そろそろこれを移動させましょうよ！」

二人のやりとりが終わらないことに苛立ったニックが、大きな声を上げた。

これとは、もちろんいつまでも抱えていたくない値段をつけられない魔鉱石のことだ。

「空気を読めよ」

「空気を読んでも、これを抱えている現実はなくならないんです！」

確かにその通りだと、エレオノーラはそっとレオンの胸を押し返す。金庫にはエレオノーラが同行しないといけないのだ。

「確かにそうだわ。魔術師達も待っているでしょうし。ジェリーのことで挨拶もしないと」

ぼーっとしていたジェラルドがはっと我に返り、こくこくと頷く。

「よかったな、ジェリー。来年はアンジェと一緒に来られるから、魔術師達に気に入ってもらって、案内できるようにならないとな」

「はい。がんばります」

アンジェリカは守りの塔を気に入るはずだ。その時には、久しぶりに母と会うことになる。

「それまでに、お母様の小言を聞く覚悟を決めなきゃ」

「確かに、それは覚悟がいるな。きっと俺も叱られるんだろうなぁ。他人じゃなくなるから」

二人で肩を落とし、笑い合う。

うんざりするようなこともある。だが楽しみが上回ると、その煩雑さが嫌ではない。

（レオン様の言う通り、面倒くさがりのわたしがこんなふうに思うのは、驚くようなことなのかしら？）

自分の心の変化には驚きを隠せない。

「さ、行きましょうか。個人的なことは、お仕事が終わってから考えましょう」

大した仕事ではないが、自分にしかできないことだ。

レオンに手を預け、地下にある当主にしか開けられない金庫室へと向かった。

あとがき

お久しぶりです。かいとーこです。

おかげさまで無事に二巻目を出すことが出来ました。

いるだけで痩せる部屋がほしいという怠惰な願望で作った話を書きながら、現実では前巻で書いたように地道にジムに通い続けています。そのかいあって三年前ぐらいの体型に無事戻り、筋肉も増えて体力もつきました。

そんな風に慢心していたある日のこと、ケース買いしたペットボトルの水を家に運び込んでいたら、ぎっくり腰になりました。

店でなかったこと、この本の原稿を送った翌日だったことだけが救いでした。

十代の頃から繰り返しているのですが、何度やってもつらいです。飲み物と食料を手の届くところに置いたら、つい映画を見ながらダラダラ食べてしまい、悲しいことにリバウンドしました。

腰は鍛えようがやるときはやります。

皆さんも、身体にはお気をつけください。

IRIS
ICHIJINSHA

塔から降りたら女伯爵にされてました2
王子達に甘やかされてばかりで不安です

2024年5月1日　初版発行

著　者■かいとーこ

発行者■野内雅宏

発行所■株式会社一迅社
〒160-0022
東京都新宿区新宿3-1-13
京王新宿追分ビル5F
電話03-5312-7432(編集)
電話03-5312-6150(販売)

発売元：株式会社講談社
(講談社・一迅社)

印刷所・製本■大日本印刷株式会社

DTP■株式会社三協美術

装　幀■世古口敦志・丸山えりさ・
川田詩桜(coil)

ISBN978-4-7580-9636-2

この本を読んでのご意見
ご感想などをお寄せください。

おたよりの宛て先

〒160-0022
東京都新宿区新宿3-1-13
京王新宿追分ビル5F
株式会社一迅社　ノベル編集部
かいとーこ 先生・黒野ユウ 先生

第13回 New-Generation

アイリス少女小説大賞

IRIS ICHIJINSHA

作品募集のお知らせ

一迅社文庫アイリスは、10代中心の少女に向けたエンターテイメント作品を募集します。ファンタジー、ラブロマンス、時代風小説、ミステリーなど、皆様からの新しい感性と意欲に溢れた作品をお待ちしています！

金賞	賞金100万円	＋受賞作刊行
銀賞	賞金20万円	＋受賞作刊行
銅賞	賞金5万円	＋担当編集付き

応募資格 年齢・性別・プロアマ不問。作品は未発表のものに限ります。

選考 プロの作家と一迅社アイリス編集部が作品を審査します。

応募規定
◉A4用紙タテ組の42字×34行の書式で、70枚以上115枚以内（400字詰原稿用紙換算で、250枚以上400枚以内）
◉応募の際には原稿用紙のほか、必ず ①作品タイトル ②作品ジャンル（ファンタジー、時代風小説など） ③作品テーマ ④郵便番号・住所 ⑤氏名 ⑥ペンネーム ⑦電話番号 ⑧年齢 ⑨職業（学年） ⑩作歴（投稿歴・受賞歴） ⑪メールアドレス（所持している方に限り） ⑫あらすじ（800文字程度）を明記した別紙を同封してください。
※あらすじは、登場人物や作品の内容がネタバレも含めて最後までわかるように書いてください。
※作品タイトル、氏名、ペンネームには、必ずふりがなを付けてください。

権利他 金賞・銀賞作品は一迅社より刊行します。その作品の出版権・上映権・映像権などの諸権利はすべて一迅社に帰属し、出版に際しては当社規定の印税、または原稿使用料をお支払いします。

締め切り 2024年8月31日（当日消印有効）

原稿送付宛先 〒160-0022 東京都新宿区新宿3-1-13 京王新宿追分ビル5F
株式会社一迅社 ノベル編集部「第13回New-Generationアイリス少女小説大賞」係

※応募原稿は返却致しません。必要な原稿データは必ずご自身でバックアップ・コピーを取ってからご応募ください。※他社との二重応募は不可とします。※選考に関する問い合わせ・質問には一切応じかねます。※受賞作品については、小社発行物・媒体にて発表致します。※応募の際に頂いた名前や住所などの個人情報は、この募集に関する用途以外では使用致しません。